すしそばてんぷら

藤野千夜

角川春樹事務所

目次

装画　加藤木麻莉
装幀　稲葉さゆり

すしそばてんぷら

第一話　お江戸の味

1

寿々（すず）がふらっと川べりを歩くようになったのは、本当に最近のことだった。

仕事の帰り、思い立って川の手前で電車を降り、しばらく散策してみると、思いのほか楽しくて、はまったのだった。

寿々自身は下町の生まれではなかったけれど、母親がこの界隈（かいわい）、川を渡った向こうの出身だった。それで小学四年から卒業までの三年間、寿々も両親と一緒に、その母親の生家、おばあちゃんちで暮らしていた。ちょうどその少し前におじいちゃんが亡くなっていたから、独り身になったおばあちゃんを案じて、一家でしばらく同居することにしたのかもしれない。

とはいえ、転勤の多いサラリーマンだった父親は、その三年のうち、二年十ヵ月くらいを関東近郊の二都市へ単身赴任していたから、ほぼその期間、寿々はただ母親の里帰りにくっついて暮らしていたような印象もある。

そういえば当時、近所の話好きなおばちゃんから、

「ねえ、あんたのお母さん、出戻ったの？」

と、しつこく訊かれて困ったことがあった。

出戻った、という言葉の意味はよくわからなかったけれど、きっと悪い表現だと寿々は感じて、なにも答えず、黙って首をひねっていた。

家に帰ってすぐ、おばあちゃんに意味を訊ねると、

「違うよ！」

と意味ではなくて、口にするべき答えを教えてくれた。

「もし今度誰かに同じことを訊かれたら、すぐにそうお言いよ。ほら、言ってごらん」

「違うよ」

「そう！」

と、やけに威勢のいいレッスンつきだった。

そのおばあちゃんの家に、寿々は去年から、また一緒に住まわせてもらっている。

今度は自分ひとりだけで。

さすがに転勤も少なくなった父親が都下に購入した一軒家、つまり実家から通うよりも、今の仕事の往復にずっと便利だったからだ。

寿々は今、朝早いテレビの情報番組で、お天気コーナーの案内役をつとめている。

学校を出てからいくつかアルバイトを重ね、ようやくオーディションを勝ち抜いて採用された役だった。そろそろ一年半になる。当初は勝手がわからず、ミスや緊張もつづいて、放送後

もあまり自由に時間をつかえなかったけれど、今はスタッフとの反省会やミーティングをきちんと終えて、お昼前には帰れるようになった。

気候がよければ、こうやって途中で電車を降りて、隅田川の川べりを、ぷらぷらと歩くことだってできる。

遠い実家との往復では、そういうわけにはいかなかった。

そして寿々が母親の生家で暮らすことに決めた理由は、もう一つあった。

まだまだ元気なようでも、おばあちゃんももう七十代後半だった。同居を思いついた寿々がまず母親に相談すると、ぜひそうして、お願い、と喜び、おばあちゃんとの交渉から引っ越し、住民票の移動まで、すべて手配してくれた。

よく聞けばここ何年かで、おばあちゃんちは空き巣に二度入られ、訪問の宝石鑑定サギ（他にもなにか見るものありませんか、今だけ無料ですよ、と中に取りに行かせて、その隙に鑑定中の宝飾品とともに消える）にも一度遭っていたらしい。

空き巣って……。と、いきなりワイルドな寄宿先の最新事情に寿々は一瞬ひるんだけれど、昔住んだ思い出は決して悪くなかったし、それより自分がおばあちゃんと一緒にいて、いろいろ気をつけてあげるべきだろうとすぐに思い直した。

水かさのあるゆったりと広い川を、水上バスと呼ばれる高速船が行き交い、その波がたぷん、たぷんとこちらにまで寄せる。

向こう岸にも同じく遊歩道があり、土手上に高速道路が見え、広告の看板を掲げた、ほどよい高さのビルがいくつかある。

川べりでも橋の多い界隈だった。

徒歩にすれば五分から十分くらいの間隔で、思い思いのかたちと色をした橋がかかっている。

手前の駒形橋から、吾妻橋。

言問橋。

桜橋……。

2

「おう、のどかだねえ、それは」

橋を渡っておばあちゃんちのある地元に戻り、川べりを散歩して来たと教えると、幼なじみの寛太がおどけたように言った。

さかいや、という酒店の次男坊だった。坂井寛太。おばあちゃんちのすぐ手前、三叉路の角にお店があって、古い商家のつくりのまま、木枠のガラス戸を開け放った中でよく店番をしていたし、そうでなければ奥の蔵からビールケースを運んだり、おもてに出て自販機に煙草を詰めたりもしていたから、とにかくしょっちゅう会う。

外を歩けば、十回のうち三回か四回は会う、と言っていいくらいかもしれない。

そのさかいや酒店の次男とは、小学校の三年間ずっと同じクラスだった。

「いいよう、川べり。私、橋フェチかもしれないって、あそこを歩いてて思うようになった」

寿々は秘密を明かすように、少し親しみを込めて言った。

卒業してよそへ越してからも、長い休みなんかにおばあちゃんちへ遊びに来ると、このへんの友だちには会っていたから、寛太との付き合いもまったく途切れていたわけではなかった。

わざわざ誘い合う親しさはなかったけれど、道で会って話したことは何度もあり、去年また住むことになったときには、おお、お帰り、と笑顔で言われた。

それからは、地元の友だちが大勢で集まる機会にも数回同席して、その流れで一応ＬＩＮＥのメンバー登録もしている。

「広いもんな、ずっと大川のあっちまで、風情はあるわな」

配達帰りだという寛太は、妙に年寄り臭い語彙を使うと、首にかけたタオルで額の汗を拭った。隅田川が「大川」と呼ばれる界隈は、今ちょうど寿々が上って来たコースからすれば、正確には、橋ふたつ向こうまでらしい。

「うん、広いよね。あの川面(かわも)を見てると私、心の中のいろんなものが、すーっと吸い込まれて行く気がする」

「へえ。心の中のいろんなものが、すーっと、か」

寛太は感心したようにうなずいた。おやじさんはいつも青いキャップをかぶって配達に出かけていた記憶があるけれど、そのスタイルは真似(まね)したくないのか、無帽で短髪をきれいになでつけている。体格は立派だった。「でもおまえ、それ、ちょっと疲れてるんじゃないの」

「えー、そうかな」

「そうだろう。気持ち弱ってない？」

言われると、ふとそんな気分になり、寿々は店先で泣きそうになった。

寛太が慌てて、お店の中に入るように言う。跡継ぎの長男はよそで商談か、奥で休んでいるのだろうか。瓶と缶、両方のビールが詰まった、どんと大きな冷蔵ケースばかりが目立つ店内は無人だった。

寛太はレジ台の横にある丸椅子を勧めてくれた。よく使い込んだ木のカウンターの上に、たぶんもう長く使っていない、古いあずき色のレジがある。

「なんか、飲む？」

「いい」

「そう言うなよ。麦茶飲むか」

半袖のポロシャツを着た、二の腕の太い幼なじみが言った。「あ、ラムネあるぞ？」

「ラムネ？」

「飲んでよ。夏に仕入れ過ぎたのが、まだ残ってるから」

言うと、大きな冷蔵ケースとは別のところで冷やしていたらしいラムネを一本持って来てくれた。瓶を模していたけれど、ペットボトルのラムネだった。

「開けられる、よな？」

と訊かれたのでうなずき、飲み口を覆ったプラスチックの透明カバーを剝くと、ふたで押して、ガラス玉の栓を落とす。

「レトロブームで、下町かスカイツリー観光客にばかばか売れるかと思って仕入れたんだけど、あんまり、っていうか全然。こっちのほうになんか、ひとりも来ない。売り上げゼロ」

しゅわっと泡がはじけるラムネを口にした瞬間、寛太が悔しそうに言ったから、寿々はちょっとむせた。

「やめて、そういうの」

「なんで。俺、まじめなのに」

寛太はちょっと傷ついた表情をした。「この店、どうにか大きくして、早くビルにしようって考えてるんだから。ビルにして、いくつか部屋を貸せば経営安定するだろ。っていうか、そうしないとそろそろまずい感じなんだよな」

「そう……やっぱり考えてるんだね、いろいろ」

間口は広い大店(おおだな)のわりに、実際扱う品数は絞っている印象の店内だった。がらんとして、ほとんどなにもない。寿々は失礼にならないくらいに見やった。

自分たちが小学生のころと、建物はもちろん、調度品にもなにも変わった様子はなかった。ただ、年数を重ねたぶん、古びているだけで。さすがにカレンダーは今年のものに掛け替えられていたけれど、それも清涼飲料水の宣伝用にもらったもの、という点では変わっていない。

お店は体調のすぐれないおやじさんが引退して、長男が跡を継ぎ、寛太も手伝っているということみたいだった。

さかいやにはもうひとり弟、三男もいて、彼はまだ大学生だ。

「いや。実際考えてるよ、俺。すごく。さかいや酒店のビル化計画。……見る？」

いつもは軽口ばかりの寛太は、めずらしくしかつめらしく言うと、ちょっと待ってて、と奥に入り、やがて小さな封筒を手に戻った。

成り行き上、じっと目をこらすと、なんとなく見覚えのあるサイズの封筒には、半透明の小さな窓がついていた。

そこから中身が透けて見える。

「宝くじ？」

「そう、オータムジャンボ」

「それのどこが計画」

見ろ、とばかりに封筒を手渡そうとする寛太の右手を、ラムネを摑（つか）んだままの拳で寿々は軽く押し戻した。

「バカ、これ、普通の宝くじじゃないぞ。驚くなよ、池袋の人妻から買ったんだからな」

得意げに封筒を振って、寛太が言った。

「誰、池袋の人妻って？」

「えー、知らない？　当たるって有名な売り場の、一番当たるって評判の人。テレビで見たことないか？　情報番組の仕事してるくせに」

「知らない、私、お天気担当だし」

「しかもそれだけじゃないぞ、これ、日本橋の福徳（ふくとく）神社で、大当たりの祈願もして来たんだぜ」

　こちらも寿々は知らなかったけれど、きっと祈願すれば宝くじが当たると評判の神社なのだろう。

「当たるといいね」

　ようやく言うと、

「おう」

と寛太は笑った。「よーし、じゃあ、またみんなで集まろうぜ」

　紺色のポロシャツを着た幼なじみは、急に安心したように言った。ずっと寿々の表情を見ていたのかもしれない。「花火が最後だろ、みんなに会ったの」

「うん、みんなではそうかな。なにするの」

「いい季節だし、川べりでビールでも飲もうや。声かけていいか」

「いいよ」

　寿々は答え、あとしばらくそこで他愛のない世間話をすると、幼なじみにラムネのお礼を言い（代金を払おうとして、いらないと言われた）、じゃあまた、と小さく手を振って、さかいや酒店を出た。


　がらっと引き戸を開けてすぐ、おばあちゃんちの靴箱の上には、以前に父親が筑波（つくば）山のお土産にと買って来た置物がある。

背中に子どもをのせた、がまがえるの置物だった。

ブジカエル、という安全祈願のものらしい。

「おばあちゃん、ただいま、寛太が煮物ごちそうさまって」

いつもの居間兼食堂に、おばあちゃんはいた。流しのほうで立ち働いている。空き巣や詐欺被害を聞いて心配していたけれど、一緒に暮らしてみれば、以前通りのかくしゃくとしたおばあちゃんだった。

世話が必要どころか、逆に三兄弟とおやじさんだけの男所帯、さかいや酒店にまでときどきおかずのお裾分けをしているらしい。

「器、返してもらってきたよ。おいしかったたって」

「あら、そう、寄ってたのかい。いいねー」

前髪に白いメッシュの入った可愛(かわい)らしいおばあちゃんは、にこにこうなずきながら言った。

「なんで？　なんにもよくないよ」

「そうかい？」

「そういえば、おばあちゃんが最近よく来るって寛太が言ってたけど、なにかあるの？」

「さあ、あたしは知らないよ……嘘(うそ)。まあ、寿々がよくしてもらってるお礼かね」

おばあちゃんは、とぼけた調子で言う。

「それより、ほら、おやつあるから、早く手を洗っといで」

まるきり小学生のときと変わらない扱いを受けて、寿々は小さく笑った。

でも寛太によれば、

「おばあちゃん、なんか俺とおまえのこと、結婚させようと思ってるみたいだぞ」

ということらしい。

「ないよー、それ、ないよね」

「ないない。うん、ないな」

寛太とは笑って、お互いの意志のなさを熱く確かめ合ったけれど、他でもない、寿々が恋人と別れ、決まっていた結婚話が立ち消えになったのは、もうこの家に移り住んだあと、今年に入ってからだった。

おばあちゃんは、それを気に病んでくれているのかもしれない。

3

結婚の予定がいきなりなくなったとき、寿々は不思議と少しほっとした気分になった。

今年の一月のことだ。

二年前に交わし、一度延期の末、いよいよ来年に迫っていた結婚の約束だった。

不思議と、と感じたのは寿々自身、その結婚を心待ちにしていたはずだったからで、相手の男に対しても、日常、ごくたまに覚えることのある小さな違和感（あれ、今へんな顔しなかった？　とか、うーん、ここで理屈っぽいのは少しがっかりかもな、とか、えー、そんなことで怒ったの？　とか）をべつにすれば、特に気になるような不満は持たなかった。

というよりむしろ、ずっと好きだった。

交際のきっかけは友人の紹介だったけれど、先に気に入ったのは寿々のほうで、おそらく傍(はた)からは、いつも寿々が積極的に、熱心に彼を思い、常に気づかっていたふうに見えただろう。

そして実際そうだった。

それが寿々の仕事の加減で結婚予定が延びるうちに、相手の心変わりで、いきなり破談になった。

二つ年上のサラリーマンだった。

急に大げんかをしたわけでもない。

「結婚やめたいんだけど、もう」

恋人はそう言って、素早く去って行ったのだった。

寿々の仕事での延期は一度あったにしても、それは話し合って納得してもらったはずだ。あまりの素早さと、身勝手さに呆然(ぼうぜん)として、だったら仕方がないや、とすんなり受け入れてしまった。本人は否定していたけれど、他に交際相手ができたのかもしれない、とあらためて疑えば、いくつか怪しい様子はあり、そんな人だったのか、とずいぶんがっかりしたところもあった。

そこそこ長い付き合いだったのに、相手を完全に見誤っていたと思えば、これはきっと結婚しないのが正解だったのだろうと自分に言い聞かせた。

ほっとしたのは、おそらくその影響もあったのだろう。

でも果たして本当に、それで心から納得できていたのか。

たらたらと川べりを歩くとき、寿々は今もだいたい、一度はそのことを思い出してしまう。

あのときの言葉の意味はなんだったのだろう、とか。

自分がなにか勘違いをしたのではないだろうか、とか。

間違いをしたのではないだろうか、とか。

嫌なら嫌だと、きつくすがりつけばよかったのではないか、とか。

やっぱりただひどい目に遭ったな、とか。

ようやく日陰が涼しくなり、もう九月が終わるころになっても、そんな調子は変わらなかった。


すず、という名前の響きはもとより、寿々、という漢字の字面がとにかくおばあさんぽい、というのは昔からよく言われた。

お祝いの熨斗(のし)か、お正月の箸袋みたい、と中高の友だちにはたびたびからかわれたし（寿という字が入っているだけだろうとは思ったが）、もう少し大人になってからは、踊りのお師匠さんか、芸妓(げいぎ)さんの名前を思い出させるよね、とも指摘された。

もちろん、名前が古風でも性格とは無関係。趣味はクラブ通いで、シャツの胸元やノースリーブの肩口からは、さくらんぼや蝶蝶(ちょうちょう)や、絡まった蛇なんかのキュートなタトゥーが覗(のぞ)く、という人も大勢いるだろうが、寿々はもともとのんびりした性分で、むしろ古風な名前通り、内面も外見も落ち着きのあるタイプだった。

危険ドラッグには手を出さないし、髪も染めず、タトゥーもない。

年齢は二十五を迎えたところだった。


今年も力試しに受けた気象予報士の試験に落ちた十月、寿々は少し自分にがっかりした。

番組の予報士さんは他にちゃんといたから、伝える役に徹していればなにも問題はなかったけれど、お天気コーナーの案内役を一年半つづけて、なお頑張ろう、と力が入っているところを冷まされた感はあるかもしれない。

特に恋人と別れた一月から試験の八月までは、かなり集中したつもりだからなおさらだった。

それでも、所属している事務所のいつき社長が、今度、どこかいいお店で残念会をしてくれると言い、社長ファンの寿々は嬉しかった。

モデルやナレーターが主に所属しているその小さな事務所では、べつに気象予報士の資格者を求めてはいない。寿々が試験を受けただけでも、偉いね、よく頑張った、と褒めてもらえるようなゆるい雰囲気があった。

それに社長は、寿々の父親と同郷の知り合いで、そもそも縁故で採ってもらったようなものだった。


「寛太、当たった？　宝くじ」

十月も半ばを過ぎ、さかいや酒店の店先で訊くと、幼なじみは悲しそうに首を振った。

「三〇〇円な」

「そっか、じゃあ、まだビル建たないね」

「ちょっと無理だな。わざわざ池袋まで行ったのにな」

「頑張ったのにね」

寿々はしばらく立ち話をし、よく笑ってから手を振って家に帰った。おばあちゃんがやっぱり用意してくれていたおやつ、一口大に切った米粉パンに、たっぷり餡とバターを塗ったものを口に運ぶ。

ホームベーカリー（テレビ通販で購入）で作ったという、玄米タイプの米粉パンは、ふんわり素朴な味わいで、餡と合わせると、なお和風のテイストが際立ってよかった。

「寛太が、おばあちゃんのおやつもまた食べたいって言ってたよ」

「そうかい？　何が食べたいって？」

一緒に食卓に向かい、にこにこと孫娘の食べっぷりを見ていたおばあちゃんは、楽しそうに聞き返した。

「ノシたこ、のことだと思うけど」

寿々は答えた。ノシたこ、とは、ノシたこ焼きの略。その名の通り、熨したたこ焼きのことで、出来上がりの直径が十センチほどだった。

一見すると小ぶりなお好み焼きか、丸く仕上がった大阪名物いか焼きのようだったけれど、市販のたこ焼き粉を使っているせいか、ぺたんとしているわりに、口にすると独特のねっちょり感があっておいしかった。

具はうすく小口切りにした大量のネギと、小さく刻んだたこがたっぷり。そこに甘めのソース（カープソース）、かつぶし、青のり、マヨネーズがかかっている。

「そうだね。あの子、前に食べに来たっけね、ここに」

「前って、小学生のときね」

おばあちゃんが作るおやつの中では、抜群に子供受けがよいメニューだった。小学校か学習塾のそばで売れば絶対もうかるわよ、と当時同居中だった寿々の母親が、一枚五〇円でどう？と電卓を片手に冗談ぽく提案したことがあったくらいだ。

もちろんおばあちゃんのほうも、もともと寿々とその友だちへのおやつとして作っているだけとの気持ちだったのだろう。それでも一応は電卓を借りると、素早く数字のボタンを叩き、五〇円じゃあ原価も出ないよ、と計算したあとで笑ったけれども。

「じゃあ、食べにおいでって言っときな。いつでもすぐ作るから」

「うん、わかった」

おばあちゃんのおやつをいただきながら、寿々は子供のときみたいに笑う。

寿々が出演する情報番組は、毎朝六時にはじまる。

事前の支度もあるから、電車の始発より早く車に迎えに来てもらい、川べりの高速にすぐ乗る。

そのぶん平日の夜は本当に早く休むので、夕方は五時か、どんなに遅くとも六時で食事を終えてしまうのが普通だった。

「笹乃雪（ささのゆき）だって」

自家栽培しているパクチーをたっぷり入れたフォーの夕食後（寿々が作った）、おばあちゃんと食卓でくつろいでいると、事務所の社長主催、残念会の場所がメールで送られて来た。

お豆腐屋さんだった。

正確には縁起よく、豆の富と書く、お豆富屋さん。

下町でもちょっと遠いほう、それもなにしろ渋い系統の老舗だったから、正直なところ、寿々は店名も耳にしたことがなかった。

「おばあちゃんは？　知ってる？　行ったことある？」

「あるよ、笹乃雪」

メカブ茶をずるると飲んでいたおばあちゃんは、脳内でも探るように目の玉を上に向け、記憶を読み取っているみたいに言った。「赤穂浪士（あこうろうし）も食べた、っていうお豆富だね、絹ごしの。むかし行ったわ、おじいちゃんと。おいしかった」

「赤穂浪士が食べたの？　どこで」

「そのお店で」

寿々の忠臣蔵理解がだいぶ怪しいと判断したのか、おばあちゃんが急に不思議な発声で、ときは元禄十五年、……フナじゃフナじゃ、フナ侍じゃあ、殿中でござる、殿中でござる、という寸劇を披露してくれたから、寿々はお腹の皮がよじれるほど笑った。

一応、寿々もお天気キャスターのたしなみとして、江戸城内で刀を抜いてお家取りつぶしになった主君、浅野内匠頭の仇討ちを果たした四十七士は切腹し、今は高輪泉岳寺に眠っているとか、憎き吉良邸への討ち入りは十二月十四日未明、お江戸は雪景色だったとか、それくらいの基礎的なことは知っていた。でも元禄十五年が何年前、と訊かれると、こっそりスマホで検索しないといけない。

とにかくそういった昔の有名人も、実際に食べたものらしい。

「そんなに歴史があるんだ」

寿々はうなずき、その老舗の〈お豆富〉を味わうのを楽しみにした。

4

駅前の細い道に、いきなり恋人たちのためのホテルが連なっている。

そちらから逸れた大通りの向こうにも、また小さなホテルの建ち並ぶエリアがあるようだった。

老舗のお豆富屋さんは、そんな色っぽい町の中にあったから、寿々は少しどきどきした。休日前、久しぶりの夜の外出だったせいもあるのかもしれない。

「おーい、すずちゃん」

大通りを渡ろうとするほんの手前で、きちっとスーツを着た男性に呼び止められた。副社長の伊吹さんだった。

寿々はほっとして頬をゆるめた。

すぐそばのタクシーから、黒いニットのワンピースに、季節先取りでぐるぐる、ぐるぐるとマフラーを巻いた細身の女性が、ブーツのヒールを鳴らして降り立ち、

「ちょうどよかったわ。これ。奇跡のタイミングだね」

と自信満々な声で言った。憧れのいつき社長だった。

「はい」

大げさ、とは言わずに、寿々も同意した。

大通りに面した老舗は、広い靴脱ぎのある、旅館みたいなお店だった。

はっぴを着た下足番（という仕事だと、あとで副社長に教えられた。今はめずらしいよね、と）のおじさんに、ずいぶん愛想よく迎えられ、同じく愛想のよい洋装の仲居さんの案内で、ご相席の客間へ通された。

「個室よりもこっちが楽しそうでしょ」

社長が言う。

簀のような敷物がある広間に、黒いテーブルがいくつも並んでいる。確かにちょっと面白い感じの椅子席だった。

障子を開いた大きなガラス窓の向こうに、岩場を流れ落ちる細い滝が見える。砂色の壁には、いかにも古そうな文人の書画が並び、

〈豆富は三百二十年　焼き鳥は八十年〉

と記されたおいしそうな鳥串のポスターが貼ってあった。

焼き鳥の八十年もなかなかだけれど、やはり三百二十年。

すごい、と寿々はもうため息をついた。


はじめに乾杯のビールを注いでもらい、三人、グラスを手にした。

「すずちゃん、おつかれさま」

法的に婚姻関係にある社長と副社長が、並んでにこにこと言った。確か年齢もふたり同じくらい、五十手前だったのではないだろうか。

「残念でした。また落ちました」

寿々があらためて報告をすると、

「いいのいいの、それはそれで。受けただけで偉いんだから」

社長はやはり、そんなふうにゆるく言った。

「そうですか？」

「うん」

「本当に？」

「うん」

なんだか妙な甘やかされ方をしている気がしたけれど、そうなんだ、と寿々はひとりごちて、素直に好意と受け取ることにした。

「そこはあんまり頑張りすぎなくていいよ。それより、今の仕事を長くゆっくりつづけてください」

急な丁寧語で副社長が言い、ぺこりと頭を下げた。

「はい」

寿々も小さく頭を下げ返す。

残念会とはいえ、もちろんまったく深刻なものではなかったから、普段からときどき伝説のバブル期ＯＬみたいに見えることのある社長が、あとははしゃぐようにアラカルトの料理を注文し、その社長を心から愛する男、垂れ目で鼻の低い、たぬき顔の副社長も、

「すずちゃん、食べて食べて」

と勧めながら、自分も老舗の豆富料理に舌鼓を打った。

寿々も出て来る料理、すべてを食べる宣言をする。

さっぱりさわやかな湯葉刺し。

みっちりした胡麻（ごま）豆富をわさび醤油（じょうゆ）でいただくと、想像しなかった相性のよさに驚く。

中ににんじん、ごぼう、ぎんなん、きくらげなんかの入った飛竜頭は、飛竜頭だから当然揚げてあるのに、絶妙なやわらかさがあり、甘く、豆富のほろほろ感が残っている。

とろとろのあんがたっぷりかかったあんかけ豆富は、一人前がふたつセットで出て来る。昔あまりのおいしさに、必ずふたつ出すよう命じた偉い方がいた名残りだそうだけれど、三人なので二人前頼み、黒いテーブルに小ぶりな碗(わん)が四つ、赤みがかったとろみあんに、四角い豆富と、湖面に浮かぶ月のような黄色い和辛子がぽつんと差した景色で並ぶ。

白くて大きな冷奴も届いた。手桶(ておけ)のかたちをした、竹と金魚の模様のあるきれいな陶器にのせられている。

薬味は刻みネギ、しょうが、大葉。

薬味をわさっと醤油に入れ、奴をつけていただく。絹ごしでもしっかりしていて、柔らかすぎない。でも味わいはクリーミーで、おいしい、と寿々はうなずいた。

「このお豆富を、赤穂浪士が食べたんですか」

「そう、よく知ってるね」

副社長が言った。寿々の見るところでは、いつも社長の陰になり日向(ひなた)になり、ときにはそっと差し出す雨傘になり、そして激流に架かる橋ともなって補佐しているような、妻思いで、おだやかな好人物だった。

「討ち入りのあと、浪士たちが預けられた大名屋敷のうちのひとつに、このお豆富が届けられたらしいね」

副社長はビールにつづいて、頼んだ冷や酒をちびりと飲んだ。

「それでね、その浪士の中には、この店の娘の思い人がいたっていう話だけど。知ってる?」

訊かれ、寿々は首を横に振った。社長も楽しそうに話を聞いている。

「礒貝十郎左衛門(いそがいじゅうろうざえもん)。以前、ここの娘が、雪道で滑ったところを、礒貝に助けてもらったそうでね。彼は討ち入りの前にも、何度かお忍びでお店に来ていたって」

副社長はその様子をまるで目の前に見ているように言い、

「悲恋だねえ」

とひとりうなずいた。もちろん浪士がそのあと、すぐに切腹する運命だからだろう。「以上、お店のホームページに全部書いてあったよ」

「悲恋」

という言葉の響きに寿々は胸を締めつけられながら、意外なおっちょこちょい、雪道で滑る娘と、彼女を助けるお侍さんの図をぼんやり思い浮かべた。

不思議とそれは身近な姿だった。

そして本当に赤穂浪士がここに来たんだ、と思うと、もっと不思議な気持ちがした。どきどきする。

それは時間がずっとつながっていると、寿々があらためて意識した瞬間なのかもしれない。川を眺めて歩いているときも、たぶん多くの時間、それを無意識に思っていたのだろう。

急にそうわかった気がした。

広い川の水がゆるやかに、でも確実にどこかへ流れている。

それからも健啖家の社長夫妻につられ、寿々はつぎつぎ料理を口にはこんだ。

湯葉と高野豆富を炊いたものは、本当に上品で、ふんわりやさしい甘さが舌の上で広がるのだけれど、ただそれだけではない。巻いた湯葉の一面一面に、厚みのあるところ、つるっとなめらかなところ、口当たりに違いがあり、嚙むたびに単調じゃない味わいを楽しむことができる。

「すごいですね、江戸の味、シンプルな素材なのにおいしい」

寿々は心から感激して言った。あらためて、これだけのお豆富が、それぞれに違う味つけのバリエーションで出されることにびっくりする。

もしかしたら疲れた心が、そういったやさしさを求めていたのかもしれない。

じんわり、胸に染み入るものがあった。

「私もそんなふうに生きたい」

冷やで飲んだお酒のせいもあるのか、寿々はつい口にした。

その声を、残念会を催してくれた社長と副社長が、揃ってやさしい笑顔を浮かべて聞いていた。

「じゃあ、そういうブログをやってみたら？　すずちゃんの江戸まちめぐり」

ロングヘアを束ねた、スリムな社長が言う。思いつきをなんでも口にするのが、彼女の最初の仕事みたいだった。「ね、どう？　伊吹」

「いいですね」

その思いつきを実現するのが、たぶん副社長の大きな役目だった。「江戸ガール見習い日記、とか」

「うん。これからはもう、お江戸に詳しい、ってプロフィールに書いたらいいじゃない。ねえ」

「そうですね、これからその線で押しましょうか」

「いえいえいえ、いえいえいえ」

寿々は慌てて首を振った。「いえいえいえ、いえいえいえ」

「なに」

「全然詳しくないですよ、私、江戸のことなんて。むしろ歴史は苦手で」

「あらいいじゃない」

社長は簡単に言った。「これから詳しくなれば。それに、生まれたのは東京でしょ。私なんて真壁だからね。あなたのお父さんもそうだけど。茨城県の真壁町。石ガール。石の町なのよ、真壁」

社長も酔って来たのか、そんな詮無いことを言う。

やがて副社長がお勘定を済ませると、社長は玄関にかかった一幅の大きな古い絵を見上げ、

「へええ、こんなになんにもない」

と感心したように言った。

ほとんど田の中にぽつんと一軒、お豆富屋さんだけがある絵だった。その絵を寿々も見上げ

ていると、はっぴを着た親切なおじさんが、指差してあれは何、これは何、とのどかに説明してくれる。それでも花街から遊びに来る界隈だったそうだけれど、どう見ても田んぼの中にある一軒家でしかない。

きっとその絵が描かれたころには、お豆富屋さんのまわりがこんなふうな栄え方をするなんて、誰も想像しなかっただろう。

寿々は思いながら、絵の中の田んぼを見ていた。

「寛太、お江戸すごいよ、まわりになんにもないところにお豆富屋さんがあって、そこに赤穂浪士が来たんだって」

変わらないものってすごい。

でも景色がこれだけ違うのもすごい。

寿々は地元に帰ったら、さかいや酒店の次男とそんな話をしようかと思っていた。

第二話　どじょっこたち

1

いつき社長の提案通り、寿々の「江戸まちめぐり」日記は、さらっとスタートすることに決まった。

そのブログ開設にあたって、渡すものがあるからと事務所に呼ばれ、朝の情報番組のあと、東京メトロに乗って久しぶりに都心繁華街、雑居ビル二階にある〈オフィスいつき〉に出向くと、憧れの社長は不在で、副社長の伊吹さんが迎えてくれた。

個人用に、とタブレット型端末を貸与される。なるべくたくさん、更新するようにね、という指導つきで。

大部屋にある自分のデスク、くるり、くるりと回る事務用の椅子に、副社長は腰掛けていた。

「せっかくブログをはじめるのに、まったく更新されないと、それは見てくださるファンに申し訳ないでしょう。事務所としても、やっぱり体裁がよくないし」

「はい」

とうなずいたものの、その時点で寿々はもう尻込みしていた。

あらためて考えるまでもなく、文章に自信はなかった。素早く書けるとか、たくさん書けるとか、独自の視点があるとか、多くのひとの心に深く突き刺さる表現力を持っているとか、短文でもほのぼのと笑えるような、やさしい空気感や世界観を提示できるとか、そういう才能は残念ながら持たなかった。

しかも肝心の江戸時代については、まったく詳しくない。

「どうしました？　わかりやすく暗い顔して」

副社長が、寿々の顔を上目遣いに見て言った。

「できない、かもしれないです。ブログ」

タブレット型の端末を貸与されて二分。寿々は正直に告げた。できないことはできない、と早めに伝えたほうが、たぶん事務所も対応しやすいだろう。

「いやあ。すずちゃん。一度決まったんだし、お江戸のブログは予定通りはじめようよ。もうトップページのデザインしてもらっちゃったし。とりあえず、はじめは普通の日記でも構わないから」

垂れ目で鼻の低い、たぬき顔の副社長は、小さく首を振ると、ちょっとやさしげに笑った。

「何回かに一回、江戸話につながることがあれば大丈夫だから。最近お江戸に興味を持ちはじめたお天気キャスター、すずちゃんの日常、くらいの感じで……まあ、実際は、そんなに深刻に考えなくてもいいけど」

もともとあまりWEBでの広報活動に熱心な事務所でもなかった。希望して個人ブログをやっている数人以外は、事務所がまとめて、プロフィールや最新の仕事を紹介するサイトを立ち上げているくらいだ。

寿々もこれまではそこに登録させてもらって、宣材写真や短いご挨拶文の更新をたまに求められるほかは、そちらのスタッフにすべて任せていた。

楽だった。

じつはあれこれ細かいことを気にしすぎるタイプなので、任せるならはじめから全部、というくらいのほうが逆に性に合っている。

「じゃあ、例えば江戸に関することだけ、こっそり誰かに、ゴーストで書いてもらうようなのはダメですか……」

寿々がおずおず言うと、副社長は驚いたふうに目を見開き、さっきより大きく首を振った。

小さな事務所にそんな予算はない、と言いたかったのか。

それとも、それでは〈ずる〉〈やらせ〉、と言いたかったのか。

あるいは、寿々自身がこれからどんどんお江戸に詳しくならなければ、なにも意味がない、ということなのか。

ともかくもう社長が決めて、懐刀の伊吹副社長が実行を請け負った以上は、やはり寿々ひとりの心変わりでは、簡単に計画を立ち消えにできるものではなさそうだった。

「わかりました。勉強します」

寿々は覚悟を決めてうなずいた。

2

モデルの田島奈央が、ふらーっと事務所に入って来た。

コンビニのコーヒーカップを手に、ふらーっと。

手足が長いので、くらげみたいな動き方をしているけれど、それが案外似合っている。なぜだか様になる。彼女の用らしきものが済むのを待って、寿々は声をかけた。会ったのは偶然だったけれど、せっかくなのでブログの相談をしようと思ったのだ。毎日の更新は二十回以上。ブロガーとしてもわりと有名な彼女とは、事務所に入ったのがだいたい同じころだった。

「どうしようか悩んでるんだけど、ブログ」

小さな会議室を使わせてもらい、正直な気持ちを伝えると、

「えー、なにが？　なに悩んでるの？」

ショートカットで背の高い奈央は、不思議そうに言った。「だってブログでしょ、更新方法？　簡単だよ、そんなの。あとは、なんでもアップしたらいいんじゃないの？　自撮りでも、身の回りのものでも、友だちでも、空でも、景色でも、足の裏でも、動物でも、乗り物でも、マンホールでも、食べ物でも……っていうか、ねえ、なんで悩むの？　なんで質問されてるのか、わたし、本当わからないよ」

奈央は小鼻を膨らませた。

最後のほうの問いが、なんだか哲学的に聞こえる。

寿々の説明があまり上手くなかったのか。彼女の理解力が足りないのか。そもそも理解する気がなかったのか。相性に問題があるのか。

「はーい、お待たせ」

若いスタッフが、フライドチキンと飲み物を買って届けてくれた。

その包みを開くまでに、奈央は楽しげにブログを細かく五回更新（寿々も二回写る）。あとは、さあ食べよう、ということになって、ひとまず話は中断した。

白く長い指で、両側から四角いチキンをつまんだ奈央は、豪快に肉にかぶりついた。ぽてっとしたセクシーな唇が、フライドチキンの茶色い衣に触れ、やがていかにもジューシーな感じの音を立てる。

そうやって食べているあいだにも、やっぱりブログを三回更新（寿々も一回写る）。

食べ終えて手を洗いに行ってから、あらためてｉＰａｄで奈央のブログを大きく見せてもらった。

決め顔の寿々が、あちらの写真と、こちらの写真に。と、写ったつもりがなかったのに、ドリンクを手に可愛く笑う奈央の向こうにも、ちょうど大口を開けてオリジナルチキンにかぶりつく寿々の姿が写り込んでいた。

「え、いきなり写ってる、これ」

「だめ？」

「だめ、じゃないけど……」

小さく文句を言いかけた寿々に奈央はスマホを向け、ぱしゃりと一枚撮った。さっそくブログを更新。

急いでｉＰａｄを見ると、もちろんこの会議室にいる寿々の、いくらか険しい顔が写っていた。

『朝のお天気ねーさん（すずちゃん）、なにかお悩み中？』

と、記した奈央がすぐそばで笑っている。

「ねえ、せめて一回こっちに」

写真見せてから更新してほしい、といった意味のことを言いかけた寿々の顔を、奈央はまたスマホで撮った。

『勝手にすずの顔をｕｐしたせいで激おこ……。すずちん、繊細やし～。ごめんしてください、てへぺろ』

「ね。こういうので、いいんだって。ブログ」

奈央は、きらきらのスマホを手に、寿々の相談にそう答えた。

3

大通りから入ってすぐ、三叉路（さんさろ）に建つ古びた酒店、さかいやの三兄弟は、上のふたりが年子で、末っ子だけちょっと離れている。

次男の寛太が小学校六年のとき、弟の陸夫は一年生だった。長男の源一は、寛太が五年生のときに六年生だ。

少年野球に打ち込んでいた上のふたりは（寿々はユニフォーム姿のふたりをよく見かけた）、一年じゅう日焼けをしていて、いつも明るく、騒がしく、お店の前やそこらの道端でも、無意味にじゃれ合い、ふざけ合い、ときに勢い余って、胸ぐらや首根っこをつかみ合っては、

「おい、ガキどもうるさいぞ、こら、兄弟仲良くしろ」

と近所のおやじさんたちに、大声で叱られていた。

一方、まだチビの末弟は、色白でさらさらの髪をして、とにかくおとなしげな風貌。実際、お兄ちゃんたちのあとをくっついて回るときにも、ひとり騒がず、無言で、ひたすらじっとふたりのやり取りを見守っているといった様子だったから、

「りくちゃんは偉いねえ、静かで、まるでよその子みたいねえ。ちょっとおいで、おばちゃん、ごほうびあげるわ」

と近所の奥さんたちから好かれ、可愛がられていた。

つまり地元では、それなりに目立つ三兄弟だったから、もし自分が小学校で三年間、寛太と同じクラスでなかったとしても、案外、彼らのことは見知って覚えていたのではないだろうか。

大人になって町に舞い戻った寿々は、なんとなくそう思うのだった。

そもそもさかいやの店舗自体が、大通りから中に入ったところとはいえ、あちらから来ても、こちらから来ても、そちらの通りに出るときも、いかにも町の要、目印となるような好立地で、

そういった意味では、いくらコンビニや安売りスーパーに勝つのが難しいご時勢でも、地元を代表する酒店が今はすっかりさびれているのも、ちょっと不思議で、残念なものだった。

　お母さんが亡くなり、しょげ返ったお父さんがほどなく体調を崩して隠居を望み、予定よりも早く長男が跡を継いだという話だったけれど、それを手助けする寛太が、遅まきながらさかいや酒店のビル化を計画。当たらない宝くじをせっせと購入している……という方法はともかく、確かにうまく資金を調達して、なにか策を講じることで、売り上げと大店（おおだな）の風格を取り戻すことだってできるかもしれない。

　仕事帰りのお昼前、寿々はそんな余計な思いを巡らせてさかいやの前を行く。

　今日は珍しく、寛太に会わなかった。


「お江戸、ねえ」

　おばあちゃんにもブログの件でアイディアを求めると、ブログの仕組みや、どれくらいの更新頻度が妥当か、といったことはさすがに全然わからないようだったけれど、もう一方の要、お江戸について考えてくれた。「それはもう、いくらでもあるでしょ。お江戸からつづくものなんて。あんたの好きな川べりにもいっぱい。桜餅だって、お団子だってそうだし。でもせっかく近いんだから、まず浅草に行って、浅草寺でお参りしてきなさいな。歩いたって行けるんだから。そしたらあとは、天ぷらだって、お煎餅だって、お饅頭（まんじゅう）だって、粟（あわ）ぜんざいだって、なんでも古いもの食べられるよ、どぜうも」

「どぜうかあ、私、食べたことがないかもしれない」

「あら、もったいない。美味しいのよお。駒形どぜうなら、ばあちゃんも一緒に食べに行くよ」

「じゃ、行く」

相変わらず寿々は子供のように答え、おばあちゃんの作ってくれた握らないおにぎり、おにぎらーず、を口に運んだ。

昨日残った舞茸とゴボウの炊き込みご飯に、たっぷりのシャケフレークと、お味噌汁の出汁を取ったあとのかつお節を佃煮にしたものを挟んで、四角く畳むように、大きな海苔で包んである。

どうやら最近世間で流行っている、おにぎらず、という食べ物を、いつの間にか、おばあちゃんも覚えて作ってみたらしい。おにぎらーず、と伸ばすのは、おばあちゃん流のアレンジなのか、それともただの覚え違いなのか。

ともかくここの食卓では、初お目見えだった。

「どうだい？　味は」

「おいひい」

海苔を畳む過程で軽くご飯を固めたくらいなので、口に入れて海苔を噛んだあとのほぐれ具合が、おにぎりよりも軽く、ほろっとしている。

具がなんでもよいのはおにぎりと同じ。炊き込みご飯のゴボウとシャケフレーク、甘辛いかつお節との相性がよくて、さすがおばあちゃん。手間がかかっている。寿々は自分ひとりなら、絶対にこんな手のこんだ味のものは作らない、作れないと思った。

「どこで覚えたの？　これ。おにぎらーず。今流行ってるんでしょ」

おばあちゃんの呼び方で寿々が訊ねると、

「あんたのほら、あれで勉強したのさ」

おばあちゃんは食卓の隅に避けてあるタブレット型端末を指差した。事務所から貸与されて数日、まだあまり寿々が活用せずに置いてあるものだった。「三回くらい触ると、いろいろと献立が紹介されるからねえ、あれ」

「へえ、そうなんだ。すごい」

確かに一度、簡単な使い方を教えはしたけれど、おにぎらずの作り方が中に保存してあったとも思えない。

携帯はらくらくホンで、ブログについてもよくわからないようなのに、ｉＰａｄでいきなりネットのレシピを引っ張ってくるとは、アンバランス、かつ年配者とも思えない素早さだった。

そう感心して伝えると、

「まあ、江戸っ子はねえ、新しいものが好きだからね」

おばあちゃんは得意そうに言った。

「江戸っ子は新しいものが好き？」

「そう。ま、どこの町の人間も、そんなことを言いたがるもんかもしれないけどね。ほら、かちかちの石頭だねえ、とか、あんたは生きた化石だねえ、とは、やっぱり誰だって本当は言われたくないだろうよ」

「へえ。江戸っ子は、新しいものが好きなのか」

メモ、メモ。いいことを聞いた。ブログのために、ちゃんと控えておこう。

慎重な寿々は、ブログの更新にも、写真を撮り溜めて、書く内容も十分整理してから立ち向かおうと考えるタイプだった。

なので、きっと更新は遅い。

どんなに頑張っても、奈央みたいにはすぐにできない。

たぶんしばらくは、日に一度の更新が精一杯だろう。


「そうだ」

おばあちゃんが急に思い出したように言ったのは、二杯目のメカブ茶を飲み、湯飲みをゆっくりテーブルに置いてからだった。「ねえ、寿々、あんたさ、この前、テレビでおかしなこと言わなかったかい？」

「なに？」

平べったいおにぎらーずを手に、寿々は一気に身構えた。イメージでは、全身がもうハリネズミみたいになっている。「やめて、おばあちゃん。もうとっくに知ってると思うけど、私、すごく打たれ弱いよ。本当、びっくりするくらい落ち込みやすいんだから。気をつけて」

「あ、そう、じゃあおばあちゃんは言わないよ」

「うん」

と言ったけれど、もうすでに気になってしまっている。「なに？　すごくへんなこと？　いっ」

「四日くらい前かねえ。うん。先週だね」

と、結局おばあちゃんが言う。

遅い。

どうせなら当日に教えてくれれば、場合によっては翌朝の番組で訂正もできたのに。四日も前では、蒸し返すのもかなり大ごとになってしまう。

「で……なに」

「ほら。笹乃雪の、お豆富と器の話をしたろ？　お天気を伝えたあと」

「した」

覚えがあった。朝のお天気コーナー、四回の出番のうち、司会者のさわやかアナウンサー（自称）、久高（くだか）つとむが寿々にいっぱい話しかけてくるのは、いつも一番最後の出番だった。

「あのとき、竹と金魚の模様がついた陶器、ってあんた言わなかったかい？」

「言った、かも。もうあんまり覚えていないけど」

「そんなおかしな柄の器があるもんかね」

「おかしな？」

「だって器の絵で、そんなおかしな組み合わせは知らないよ。梅に鶯(うぐいす)ならわかるけど。竹に金魚。ないよねえ」

寿々はおにぎらーずを慌てて口に入れ、手を拭いてからスマホの写真を開いた。

番組でそれについて話す前、じつは写真を確かめておいたのだった。笹乃雪という素敵なお店の、白くて四角い大きなお豆富が、手桶(ておけ)のかたちをした陶器に入っている。あまりの美しさに、そっと写真に残してある。

その側面に青い竹と、赤い金魚の柄が焼きつけられているように見えた。

「これ、違う？」

おばあちゃんの勘違いの可能性も高まり、全身のとげとげを少し減らしながらスマートフォンを差し出すと、老眼鏡なしのおばあちゃんは、眉根を寄せ、首を前後させて、目の焦点を合わせようとしている。

一秒。

二秒。

三秒。

やがて鑑定人が、ふう、と息を吐いた。

「これは竹の葉だねえ、どう見ても。赤い金魚じゃなくて。金と茶で焼きつけた竹の葉だろうね」

そう。

竹の葉か。

間違えた。

4

「済んだこと、済んだこと」

おばあちゃんに慰められながら、翌日、寿々は午後の電車で浅草へ向かった。

「まあ、元気お出しよ、半日浅草で遊んだら、つまんない間違いは忘れるから。小さい小さい、小さい小さい」

駅を下りてまず川のほうに目をやると、いきなり向こう岸に、ビール会社の金色のオブジェと、金色のビル、さらに高層ビルとスカイツリーが固まって見える。

豪華で、アーティスティックな景色。この世のものではなく、ちょっと「極楽」のようにも見える。川面(かわも)に停泊中の水上バスも、確か松本零士(まつもとれいじ)画伯デザインの近未来形のものだった。

そこからすぐの雷門へ向かえば、スマホの自撮り棒を手にした外国人観光客が、大きなちょうちんと一緒に自分を写そうとひしめいている。

浮世絵。着物。刀。ちょんまげ……楽しいお土産の並ぶ仲見世を抜けて、高村光雲(たかむらこううん)作の迫力ある竜王像の手水舎(ちょうずや)、竜の口から流れ出した水で手と口を清め、お寺でお参りをすれば、なんだかおばあちゃんとの浅草デートみたいで楽しかった。

お手洗いに寄ったおばあちゃんを、ちらちらよそ見しながら待っていると、

「寿々、ちょっとこっちおいで」

いつの間にか、すぐ近くに戻って寿々を手招きしていた。

「どうしたの」

「いいから、ちょっと」

おいで、とまた手招き。従うと参道の脇門から、さっとお寺の外へ出た。

雑居ビルや地元企業、医院なんかの看板が目立つ界隈へと進んで行く。小学校が近いのか、ランドセルを背負った児童をよく見かける。

やがて小さな公園に入った。

「なに？　ここ」

「姥ヶ池の公園」

と、おばあちゃんが言った。

「うばがいけの」

小綺麗な印象の人工池の周りで、子供たちが遊んでいる。それがおばあちゃんの言う池だろうか。それを背に黒い石碑が建ち、脇に石灯籠や案内板があった。

「あれはあとで記念に作られた池だね。本当の池はもうなくなっちゃって」

「へえ」

「知らないかい？　姥ヶ池の話は」

「知らない」

寿々が答えると、おばあちゃんは名所旧跡につきものの案内板のほうへ進み、

「はい、寿々、ここ読んで」

と促した。

東京都指定の旧跡だった。

〈姥ヶ池〉。案内板によれば、こんな意味のことが書かれている。

昔、浅茅ヶ原の一軒家に、娘が連れ込んだ旅人の頭を石枕で叩き殺して金品を奪う老婆がいた。ある夜、間違って旅人の代わりに、天井から吊した大石の下敷きになって娘が死ぬ。それを悲しんで、老婆は悪業を悔やみ、池に身を投げて果てたので、里の人はこれを姥ヶ池と呼んだ……。

「九百九十九人の旅人を殺して、千人目の犠牲者が、愛しい娘だったんだってさ」

おばあちゃんがすぐそばに来て、わざと低い声で言ったので、寿々は肩をびくんとふるわせた。

「おばあちゃん、どういうこと、それ。こわいよ」

「つまり……誰にでも間違いはあるよ」

まさか、それを伝えたかったのだろうか。おばあちゃんは自分の言葉にうなずき、

「どんな鬼婆でも、やっぱり自分の子は可愛いんだねえ」

ようやくいつもの声になった。

「本物の姥ヶ池は、明治時代に埋め立てられたらしいけど、ずいぶん大きな池だったんだって

さ。お江戸の人がしっかり見た景色なんだろうね」

埋められた池の大きさを空想するみたいに、おばあちゃんは少し首を伸ばし、遠くを見回している。

「じゃあ、そろそろどぜうに行こうかね」

これもおばあちゃんのタイミングで大通りへ出て、いよいよ江戸時代から二百年つづくというどじょう屋さんに向かった。

出し桁づくり、という工法らしい、梁(はり)の出た古い木造商家の二階には、大名行列を見下ろさないよう、表通りに面しては一つも窓が作られていなかった。

その下、一階の前には稲穂の束がわさわさと飾られ、遠目には茅葺(かやぶ)きの屋根でも立てて置いてあるように見える。その向こうの木枠に、二十ほどの赤いちょうちんが、二段に分けて収められている。

ひとりぽつんとその前に立つ人影に、寿々は見覚えがあった。

もっと近づくと間違いない。

さかいやの寛太だった。どぜう、の三文字が白抜きしてある紺のれんのところまで進むと、寿々は笑顔で訊いた。

「寛太、どうしたの」

いつもポロシャツの寛太が、今日は洒落(しゃれ)たアウターを着ているのが少し可笑しかった。「待ち合わせ？　誰待ち？　まさか彼女？」

寿々の質問に、寛太はただ、はにかんだように笑っている。

かわりにてろてろの、くるぶしまでの長いスカートをはいた女性が口を開いた。

「待ったかい、寛太」

「おばあちゃんが呼んだの？」

「はい」

おばあちゃんが急に素直な返事をしてうなずく。

「そうじゃなけりゃ、こんなにタイミングよく、ここにはいないだろ」

寛太もようやく答えて笑った。

「なんか、寿々がしょげてるって、ばあちゃんが言うから。俺、仕事切り上げて来たんだぜ。なにがあったんだよ」

「なんにもない」

今度は寿々のほうが、小さく照れ笑いをして答えた。

「またパンチラ？　テレビで」

「ないって」

寿々は慌てて首を振って否定し、寛太の肩に小さくパンチを入れた。「べつに、仕事ならわざわざ来なくていいのに」

「いいんだよ、どうせ兄貴の店だし。張り切ってラムネ仕入れても全然売れないし。それより中入ろうぜ」

おばあちゃんをエスコートするように、寛太が引き戸を開ける。

ずいぶん大きな神棚と、その下に一品ずつメニューの書かれた黒い板が見えた。

座敷の左手には廊下、その向こうに中庭が覗く。

手前のテーブル席が空いていたけれど、三人とも靴を脱ぎ、一階の、その「入れ込み座敷」に上がった。

入れ込み、とは多くの人を、区別なくどんどん入れて行くことだそうだ。おばあちゃんが教えてくれる。そういえばここのお座敷にも簀が敷かれていて、寿々は笹乃雪の相席の間も同じだったと思い出した。

こちらの広い入れ込み座敷には、ちぢみ絣の小さな座布団がぽんぽんと無造作に置かれ、あいだに何列か、テーブル代わりの長い板が渡されていた。

ただし、代わり、とはいっても高さは板の厚み、十センチにも届かないくらいだ。

寛太がどしっと座布団に腰を下ろし、板の向こうで大きくあぐらをかいた。寿々はこちら側で、おばあちゃんと並んで座る。

「これ、使うんだな」

寛太は感心したように、板のテーブルを指差した。急に生活様式の違う国を訪れたような、不思議な気分でいるのかもしれない。

じつは寿々もそんな気分だった。他のお客さんたちの様子を見れば、本当にその板の上に、食べ物や飲み物がつぎつぎ運ばれ、のせられるのは間違いないみたいだった。

「昔は全部こうだからね、江戸時代は」

若い二人に教えるように、おばあちゃんが言った。江戸時代の人のような口ぶりだったけれど、生まれは昭和のはずだ。「テーブルと椅子なんて使わないよ、ちゃぶ台も。そういうのは明治からあとだからね。あったのはお膳だね、ひとりずつの」

おばあちゃんは言う。手元に届いたお品書きを膝の上で広げた。「だから時代劇の居酒屋やお蕎麦屋さんで、もしテーブルと椅子があったらそれは嘘だからね。でも見てると結構あるんだよ、これが。まあお刺し身の脇に、どう見てもプラスチックのバランがあしらってあったこともだってあるからねえ」

そんな楽しそうな情報を聞いて、寿々は俄然、テレビの時代劇を見てみたくなった。

四時まではまだお昼の定食が頼めるようだったので、寿々は柳川鍋の、おばあちゃんと寛太は、どぜう鍋の定食を注文した。

どぜう鍋は丸のままと、頭と骨を除いたさき鍋のどちらかを選べると言われ、おばあちゃんは丸のままを、寿々と同じでどじょう体験のうすい寛太は、警戒してさき鍋のほうを注文した。

定食には豆腐とこんにゃくの田楽、ねっとりと濃いお味噌のどぜう汁、お新香、それにご飯がおひつでひとりずつついてきたから、三人分のそれが届いたときには、頼みすぎた、と寿々は慌てることになった。

「大丈夫よ、寛太が食べるでしょ」

でも、おばあちゃんは平然としている。

テーブル代わりの板に、木箱に収められた七輪が置かれた。

炭火に平たい鉄鍋がかけられる。

その鉄鍋の上には、頭やおなかを裂かれていない、丸のままのどじょうがぎっしり並んでいる。

おばあちゃんの鍋が来たのだ。

七輪はこのひとつで、寛太のさき鍋は、こちらの鍋が空になったらのせると店員さんが言った。

「いいから、最初にみんなでこれ食べなさい、絶対おいしいから」

おばあちゃんが言うあいだにも、鍋の醤油(しょうゆ)だれが香ばしく漂う。どじょうは酒につけたあと、甘味噌で一度煮込んであるそうで、温まった頃合いを見て、おばあちゃんが山盛りの刻みネギを、鍋全体が隠れるほどにかけた。

「はい。どうぞ」

威勢よく勧められるまま、寛太がたくさんのネギと、おそるおそるどじょう一匹を手元の皿に取り、つづいて寿々も同じようにする。丸のままのどじょうに少しは抵抗があったに違いない寛太が、それを先に口へ運ぶと、

「うおー、これうまい」

興奮したように言った。

その様子をしっかり観察した寿々も、急いで食べてみる。

「うわー、ほんとだ」

思わず同調すると、横のおばあちゃんがちらりと寿々の方を見て、にやにやと笑った。

やはり下ごしらえが十分だからなのだろう。鍋のどじょうは、ふくふくとやわらかく、身がほっこりとして甘く、美味しい。

臭みも苦みもない。

ふわふわしている。

うまいうまい、おいしいおいしい、と三人で堪能し、つづくごぼうたっぷり、卵でとじた柳川鍋、寛太のさき鍋もみんなで仲良くシェアした。

やがてカラになった鍋の割り下に、大量の薬味ネギだけを入れた寛太が、

「このたれとネギだけでうまい、俺、これでめし何杯でも食える」

素晴らしい発見のように言う。同意見、とまでは表明できないけれど、その気持ちはちょっとわかる。寿々は微笑んだ。

すぐそばの柱に、放歌御遠慮下さい、と貼り紙がしてあった。

寿々はそれを見上げ、おばあちゃんに意味を訊くと、歌うな、ってことだねえ、とおばあちゃんは答えた。わずか数センチの高さの板に鍋や碗を置き、それを挟んで大勢が向かい合う席

だった。

「やっぱり歌いたくなるのかな、ここ」

なるよねえ、なるなる、なんて、まだお酒も飲んでいないのに三人で話していた。

夕方になってお店を出ると、

「私は電車に乗るから、ふたりは歩いて帰ったらどう？」

とおばあちゃんが言った。まさか、本当に寛太との仲を取り持とうとしているのだろうか。

それなら、さすがにちょっと困ってしまう。

「どうする？　川のテラスでも歩く？」

しかも一体どんなつもりなのか、寛太まで訊いた。

「どうもしない。歩かない。おばあちゃんと電車で帰る」

寿々は慌てて首を横に振った。

「明日も早いし」

付け足して、小さなあくびをする。

「寛太だけ歩いて帰ればいいよ」

「なんで俺だけ」

「だって川のテラス歩くって」

寿々は言い、さすがに意地悪だったかなと思い直して笑った。

「だったら、三人で電車で帰ろうよ。早くお店、戻ったらいいんじゃないかな？　この時間、まだまだ空いてるでしょ、源兄、きっと怒ってるよ」

「暮れ六つ、暮れ六つ。江戸時代ならもうすっかり仕事はおわりだよ」

気取った調子で寛太が言う。

暮れ六つ？　とはこれくらいの時刻だっただろうか。寿々が考えていると、

「ははは、あんた、ときどき洒落たこと言うねえ。寛太、おとうちゃんの口癖かい？」

と、おばあちゃんが楽しそうに笑った。


その夜の寿々のブログには、ひとまずお江戸とは関係のない、寛太とラムネとさかいやの店内のうつった写真がアップされた。

二百年の歴史を誇る、そしてなにより丸鍋が美味しすぎるどじょう屋さんを載せるには、写真や伝えたいことが多く、少し眠くなりすぎていた。

そちらはまたゆっくり、と思い、

『友だちの家の酒屋さん。ラムネ冷えてます、よかったら飲んでね』

ブロガーモデルの田島奈央に教わった通り、おばあちゃんと三人で帰った別れ際、思いつきで店内でぱしゃり撮った写真と一緒に、簡単なひと言だけを添えて気軽にアップしたのだった。

けれど、

「おーい、寿々、大変だよお」

数日して会うと、寛太が、来てくれよ、と寿々をさかいやの店内に招き入れた。

「なに」

「ラムネ、昨日だけで七本も売れた」

「すごい、もしかしてブログのおかげ？」

「他にないよな」

「ビル建つかな、ここ」

「七本じゃ無理だろうけど」

寛太は言った。下唇をしばらく噛んで黙ってから、また口を開く。

「なあ、寿々、あのブログ見て、あんな写真だけでわざわざここを探り当てて来るんだから、じつは人気あるんじゃないの？」

「誰が？　寛太？」

寿々のずれた言葉に、寛太は呆れたふうに鼻を鳴らし、首を振った。

「ラムネ？」

という答えにもノー。

おまえ、と寛太は寿々を指差した。

第三話　酢めしの味

1

さかいやのラムネを寿々が自分のブログで紹介したことで、寛太の仕入れた売れない飲料を、わざわざ買いに来てくれた人がいたらしい。

ある日は二人。次の日は三人。その次の日はいよいよ七人、と。

「寿々、お前、じつは人気あるんじゃないの」

これまでまったく売れずに嘆いていた商品に、次々と買い手がついたと教えてくれたとき、寛太はちょっと嬉しいような、でもどこか困惑したような表情をしていた。

店内の写真は紹介したけれど、お店の場所をはっきり記したわけでもなかった寿々のブログを見て、お客が来たことに驚いたみたいだった。

「え。なんか、訊かれた？」

寿々が言うと、

「べつに、なんも訊かれないけど」

元野球少年、がっしり体格のいい幼なじみは答えた。ささっと周囲を見回すと、声を少しひそめる。「でも寿々んち、ここからすぐなんだから、ちょっとは気をつけたほうがいいかなって」

「え、そう？」

寿々は言った。正直うっかりしていた。

「だろ」

「そっか……ラムネを買ってくれたのって、どんな人だった？　男の人？　女の人は？」

「ほぼ、野郎かな。偶然じゃなければ、女の人がひとり」

寛太はちょっと思い出すように言った。「でもだいたいは、大人しい感じの、行儀のいい男ばっかりだったかな。その場で飲んだら、ごちそうさま、って片づけてくれようとするような」

「じゃあ、いいじゃん、それはちょっと安心した。よかった」

ラムネ飲んでね、とブログでお願いしたのは自分だった。

どんな手段を使うのか知らないけれど、ゲーム感覚で場所を特定して、こちらの希望に応えようとしてくれたのだろう。

「えー、いいのか？　それで」

まだ納得いかない様子の寛太に、

「いいよ」

寿々がさっぱり答えると、

「いいのか。ま、間違ってあぶないやつが来たら、寿々のところには行かないよう、俺がここで留めておくけど」

お調子者の寛太はようやく笑った。「いっか。じゃあ、売れたな、ラムネ」

「うん、ありがとう、売れたね、ラムネ」

寿々も明るく答えた。


『ブログのおかげで、近所の酒屋さんのラムネが売れたよ！』

なんでも気軽にアップして、と強く勧めてくれたモデルでブロガー、友人の田島奈央にLINEでお礼のメッセージを送ると、

『うっそ、信じられない。家の近所なんかブログにのせる？』

予想外の反応、疑問符のスタンプつきの返事がきた。

『だって友だちんちだから。友だちも喜んでたよ』

寿々ものんきなスタンプつきでメッセージを返すと、

『ないない。それはないって。家の近くで友だちって。すず、こわいわ』

今度はがくぶる震えるスタンプつきの返事が来た。

そんなおびえた奈央の態度に少し釈然としないものを感じていると、

『こわ。繊細に見えて、その大胆さが。すず、こわ』

重ねてメッセージが届いた。

2

寿々がおばあちゃんと暮らす家は、さかいやの脇の路地を入り、そこから極端に狭い道を曲がった先、行き止まりの道を囲むように六、七軒の家が建った一帯にあった。

エンジンつきで中に入れるのは、せいぜいビッグスクータークらいまでだったから、平日早朝の迎えを依頼してある地元タクシーには、いつも路地で待ってもらう。

入り組んだ一帯で、住人以外が長く立ち入るとずいぶん目立ちそうなものなのに、きっとその安心感が戸締まりをいい加減にさせるのだろう。

寿々が同居するよりも前に、おばあちゃんちは二回空き巣に入られているし、つい最近も、よその家で同じような被害があった。

なのに今、玄関の引き戸は寿々が手をかけるだけですっと開く。相変わらず不用心な家だった。

ただいまを言い、まず手を洗い、台所の食卓につくと、

「はいよ、お待たせ」

すぐにおばあちゃんが手作りのおやつを運んで来てくれた。

せいろから取り出したばかり、まだ頭から湯気の立つ蒸しパンが四個。お皿で肩を寄せている。

「こっちがさくら。こっちのがメープルとくるみだよ」

孫のおやつ作りはまだまだ自分の仕事、と決めているかのように、おばあちゃんはひとり手際よく準備をして、説明してくれる。小ぶりなカップケーキの型に入った蒸しパンのうち、ところどころピンク色が覗く二つがさくら、くるみの混ぜ込んである二つが、メープル味ということだった。

花の季節にはまだ遠いけれど、寿々はきれいな色のさくらの蒸しパンを先に手に取り、やけどをしないよう注意しながら（べつにそこまでは熱くなかった）指先で小さくつまんで、ふーっとひと吹きしてから口に運ぶ。

指先でつまんだ感触どおり、頬張ると口当たりがもっちりとして甘く、塩味とのバランスがいい。

「おいしい。これ。おばあちゃん、塩加減が最高」

「そうかい？　そりゃよかった」

おばあちゃんも食卓につくと、目尻に皺を寄せ、嬉しそうに笑った。

味がしょっぱくなりすぎないよう、さくらの花の塩づけを、お湯で少し洗い戻してから、刻み入れてあるということだった。

「たくさんお食べよ。くるみのほうも」

「うん」

寿々はひとつめをぺろりと食べ終えると、今度はメープルとくるみの蒸しパンにも手を伸ばした。そちらの香ばしさと、ほどよい甘さ、ボリューム感にも満足する。

「おいしい」

「そうかい、よかった」

これまで何百回も聞いた、呪文めいたおばあちゃんの声にひと息つく。

寿々の「江戸まちめぐり」日記は、相変わらず慎重に、写真やメモを一旦家に全部持ち帰ってからゆっくり更新するスタイルを保っていた。

だから、一日一回の更新で、やっぱり精一杯。

……ちょっと悩めば、数日に一回も大変になる。

ある一日は、神田小川町にある「笹巻(ささまき)けぬきすし総本店」に行った。

こぢんまりした店舗に看板と、江戸名物、の文字が染められた白いのれんがかかっている。

江戸前のにぎり寿司(ずし)が完成するより前、元禄十五年創業の「笹巻けぬきすし」では、その名の通り、保存のため、大きな笹の葉で巻いたお寿司を食べさせてくれるらしい。

寿々はがらりと戸を開けた。

順序は変わってしまったけれど、お江戸の食事といえば、寿々の思うところ、第一にお寿司なのだった。

その中でも歴史の古いものを、まず味わってみたい。

へんに気取っていない、馴染(なじ)みやすい空気の店内へ進んで、ホテルのお帳場みたいなカウンターで注文を伝えた。

テーブルにつくと、脇に東都名所「御茶之水」の浮世絵がかかっている。

「写真、撮ってもいいですか」

お帳場にいた上品な女性に断って、店内の様子をスマホで撮影させてもらった。

老舗名店が多く紹介されている雑誌がテーブルに置かれていたので、その記事を読みながら、このお店の「けぬき」の由来をあらためて確認し、わくわくと到着を待つ。折り詰めで持ち帰れるお寿司を、イートインでいただくスペースだった。

ほどなく運ばれて来たのは、どんと大きなお盆だった。

そこに笹巻のお寿司が並んだお皿と、立派なお椀(わん)、煮物の小鉢、お茶が載っている。お椀の中、たっぷりのお吸い物には、見るからに贅沢(ぜいたく)な鯛(たい)のお頭、小口切りされた星形のおくら、絹ごしの豆腐が入っていて、煮物は大根と厚揚げのおでんだった。

笹で巻かれたお寿司は五つで（寿々が五つ入りの折を頼んだのだから当然だったが）、ひとつだけ、サイズ違いの衣装を巻いているような、上下にちらり玉子焼きを覗かせたものの他は、ネタがすっぽり笹に覆われていて、なんのお寿司だかわからなくなっていた。

そのひとつをむくと、白身魚がのせられている。

鯛？

と思いながら口に入れると違う。味は、かんぱちだった。俵型にかためられたご飯の酢をきつめに感じるけれど、あとくちは爽やかで、ふわっと消え、きつさが残らない。

寿々は嬉しくなった。この前から思っていた通り、江戸時代からの食べ物と自分とは相性がいいのかもしれない。シンプルな素材を工夫する、その自然なこだわり具合がちょうどいい気がした。

ふたつめに選んだのは玉子焼きだった。

ちらり見えて中身当ての楽しさがないのだから、このへんで食べてもいいだろう、と軽く判断したのだけれど、安心して口に運ぶと予想と違う。甘くない玉子焼きで、それはまた意外で楽しかった。

三つめはでんぶで、ほどよい甘さをここで摂取する。お品書きを確かめると、おぼろ（海老入り）とあった。その素朴な感じがいい。

次は光り物だった。こはだを〆たぶんも合わせて、全体が酢だ。一番酢のきつさを感じる。でもそれが美味しい。途中でお吸い物をいただき、煮物を食べ終わり、最後のかんぴょう巻は、小ぶりでさっぱりしている。海苔の味もいい。

寿々は満足して箸を置いた。

もちろん、友だちのモデルブロガー、田島奈央みたいに、食事中もつぎつぎブログを更新するような真似はしなかったけれど、食べている合間、笹をむくたび写真を撮っているのは同じようなものだろう。

けぬきの由来、今も小骨をけぬきで取るという鯛に当たらなかったのは少し残念だったし、お店を出るときショーケースを見て、もうひとつ大きな折には、海老が入っていたと気づいて、どんな味わいかを想像してしまったけれど、お店を気に入れば、また訪れればいいだけの話だった。

「ごちそうさま」

寿々は言い、老舗の名店をあとにした。

ＪＲで帰ることにして、坂道を登って行く。


「おーい、りんちゃーん、おかえり」

その帰り、さかいやの表にいたのは寛太ではなくて、腰に紺色の大きな前掛けをした長男の源一……源兄だった。

「見たよ、今朝も。お天気コーナー」

人恋しい気分でもあったのか、わざわざお店を離れて近寄って来る。

半分照れ隠しに、寿々は軽い会釈で応じた。目立つ仕事を自分で選んだわりに、根っ子に引っ込み思案なところがある。あるいはもともと引っ込み思案なくせに、一方に目立ちたい願望があって、それで今の職に就いたのかもしれない。

「今のところ当たってるよな。今日は一日じゅう、くもりって」

「それは予報士さんのお手柄で」

「そうなんだ？」

「うん。私は原稿を読んでるだけ」

「そっか。でも、やっぱりすごいよな。地元に毎朝テレビに出てる人がいるなんて。俺、感激するよ」

と、からかうわけでもなさそうに酒店の三代目は言う。一学年上だったはずの源兄は、腰回りと顎にたっぷり肉がついたせいで、今では寛太よりも五歳くらい上に見える。寛太によれば、中学、高校と野球をつづけた源兄は、高三の夏には名門校のキャッチャーで四番、東東京大会の準決勝まで行ったらしい。あと二勝で甲子園だったんだぜ、あと二勝で、と寛太がその話をしたとき、自分のことのように悔しそうに教えてくれたのが、一人っ子の寿々には少し面白かった。

「りんちゃんと知り合いだからなあ、俺」

東東京大会ベストフォーの元高校球児は、いきなりしみじみと言った。それは朝の情報番組のキャスター、久高つとむがする呼び方だった。

自称、さわやかアナウンサーの久高は、局の前庭や別スタジオからお天気を知らせる寿々に、

「りんちゃーん」

と毎朝毎回、明るく呼びかけるのだった。

ごく単純に、すず、から連想したらしい。

でも字が違いますよね、と放送後のミーティングで指摘したＡＤの桜庭（さくらば）君は、それからすぐに別番組へと異動になってしまい、以来、誰も疑問を差し挟まないまま、番組では定着している。

源兄はしばらくひとりでうなずいてから、ようやく我に返ったようだ。

「寛太呼ぶ？　あいつ、今、奥でペヤング食ってるよ」

「ペヤング……の、でかいやつ？」

「もちろん、俺らはあれじゃないと」

「べつに用事はない……」

から、いいです、と断りの言葉を口にしようとしながら、店内をふと窺うと、大盛りのペヤングソースやきそばをもう食べ終わったのか、自信ありげに胸を張った青年が、やけに勢いよくこちらへ向かって来る。もちろん寛太だった。

「こんちは。源兄と話してた」

幼なじみの寿々が挨拶すると、

「源兄、いつまでいるんだよ」

寛太の勢いは寿々にではなくて、兄のほうに向かっていたようだった。「早く営業に行って来いよ。いい当てがあるのに、俺が頼りなくてなかなか出かけられないんだろ」

「は？　うっせえよ、今、りんちゃんと話してたんだよ」

「りんちゃんじゃねえよ、寿々だよ、字が違うんだよ、いつも言ってんだろ」

もともと喧嘩中だったのか、すでに兄弟の距離は密着寸前、つかみ合いの姿勢に近くなっている。

「バーカ。テレビでみんな言ってんだよ。りんちゃんって。まさかと思うけど、今さらラムネが十本売れたくらいで威張るなよ。ガキの遊びじゃないんだよ、あれな、とっくに大赤字だよ」

「十二本だよ、十本じゃねえよ。寿々のおかげで売れたんだよ、小さな儲けに感謝できなかったら、店なんかすぐ潰れるよ。寿々に謝れよ」

「いい、私には謝らなくていいから。名前もどっちでもいいから」

声が響き渡るのも気にせず、寿々はすぐに言った。

ふたりが喧嘩をするところは子供時分にさんざん見たけれど、大人になっても、お店の前でつかみ合う気なのかとどきどきした。


「へえ、寄って来たのかい、いいねえ」

さかいやの兄弟喧嘩を一応止めて帰宅すると、おばあちゃんが嬉しそうに言った。神田小川町、笹巻のお寿司屋さんに行ったことも話したのに、それより徒歩一分の酒屋さんのほうにまず興味を持ったみたいだ。「私はやっぱり寛太がおすすめだけどねえ。まあ寿々がどうしても三兄弟のうちから選びたいっていうなら、源兄でもいいかね」

「は？　なんで？　恋人はさかいやの三兄弟から選ぶ決まりなの？　それどんなゲーム？　ねえ、おばあちゃん、世の中そんなに狭くないよ」

当然、笑って取り合わず、寿々はお寿司屋さんで撮影した写真をスマホで見せる。

「あら、きれいだねえ」

と、おばあちゃんもようやくそちらへ興味を移した。「お土産は？　おばあちゃんも、これ食べてみたい」

「うっ」

やっぱりひと折り買えばよかったか。寿々は手ぶらで帰ったことを反省した。

「嘘だよ、嘘」

おばあちゃんは笑っている。

3

週末、川べりのテラスで久しぶりに友人たちと集まった。

今度みんなで集まろうぜ、という寛太の呼びかけが、掛け声だけにならずに実現したのだった。

花火やお花見の時期でもなかったから、テーブルつきのベンチを確保するのも大変ではなかったし、すぐ近場だ。食べ物や飲み物を持ち寄り、時間も午後から夕方くらいまで、というだらりと適当な誘いだったから、みんなのりやすかったのだろう。

それに何か一枚羽織れば、まだどうにか肌寒さを感じないで済むくらいの気温だった。

でも来週には、いよいよ急な寒波が襲う予報がある。

「よーし、じゃあ、みんなのぶん焼くよ」

張り切ったおばあちゃん手作りのおやつ、直径十センチほどの円形に熨したたこ焼き、通称ノシたこ（カープソースがけ）を何枚も持ち、あとは中がオムライスの新作「おにぎらーず」なんかも携えて寿々が訪れると、もう男女取り混ぜて六人ほど、それに犬一匹が待ち構えていた。


「おお、懐かしい。ノシたこじゃん。ばあちゃんの味だ」

「寿々、ブログ見てるよお。でも言っていい？　お江戸の話、少ない」

「俺も見てる。あれって、江戸の古い地図とか見ながら歩くといいんじゃないの」

「あれ？　寛太は一緒じゃないの」

「ほら、トビたん、すずちゃんが来たよ」

　地元の友だちが一斉に歓迎してくれる。わりとよく会う顔もあれば、こちらに戻ってはじめての顔もあり、寿々もテンションを上げて応じた。

　人なつっこいマルチーズのトビ丸（メス）が、ベンチに腰掛けた寿々の膝に乗り、顔をぺろぺろとなめて来た。可愛い小型犬のくすぐったい歓迎に感謝して、寿々のほうからも顔を近づける。

「夕樹はさあ、どこでも犬連れてくっから、絶対に店入れないんだよな」

　男のひとり、家業のちょうちん屋さんを継ぐ修業中のタカがからかうと、

「犬って言わないで、トビたんだよ」

　愛犬命の夕樹は、きつく言い返した。見た目は可愛いのに、トビ丸への愛が強すぎて、全然恋人を作ろうとしない変わった友人だった。高校卒業後、カメラマンになると専門の学校に進

み、トビ丸のことばかり撮り続けている。

「変わんないよなあ」

自分も趣味でインディーズのバンドをやっているタカは言った。「何歳だよ、トビ丸も。俺、そいつ二代目トビ丸だと思ってたよ」

「ひっどい」

と夕樹。トビ丸も彼女の膝の上に戻り、一緒にタカを睨んだ。

「おーこわ」

とタカ。「トビ丸、寿々の江戸ブログに載せてもらえばいいじゃん」

「なんで？　江戸とは関係なくない？　出身マルタ島でしょ、マルチーズ」

これは大学院生の朝比奈さんが言う。

「いやあ、お犬様だから」

「ああ」

と脱力気味の声がいくつか聞こえた。タカがしつこいのは、夕樹のことを好きだからかもしれない。

たっぷん、たっぷんと広い川面が見える位置で、美味しいものをつまみ、ビールやソフトドリンクを飲み、談笑する。

川に視線をやると、寿々はつい、別れた恋人のことを思ってしまう。

もちろん、そればかりずっと考えているわけではなかったし、むしろ普段は忘れている時間のほうがもう長いのに、まだふとした瞬間に戻る。

一秒……。

いや、〇・一秒あれば戻る。

仕事からの帰り、ぷらり歩きながら、そのことをよく考えたせいかもしれない。

「寿々とは、もう結婚したくなくなったから」

元恋人の言葉が今もよみがえった。

結婚をやめたい、と急に言われ、理由を問うと、相手はすっぱりそう言い切ったのだった。

ひどい、と言い返す気力もなくなったやり取りを思い返すと、まだどうしても鼻の奥がつんとする。

トビ丸にぺろんと口をなめられた。

なにか食べ物ちょうだい、とまたみんなのところをまわりはじめて、誰かが抱き上げた膝伝いに寿々のもとへ来たのだった。

「ねえ、トビ丸になにかあげてもいい？　なにがダメ？」

夕樹に訊くと、

「うーん、もうなにもあげなくていいよ、食べ過ぎ」

夕樹は首を横に振った。一眼レフの、白いデジカメを首から提げている。今日も彼女の一番の被写体は、もちろんトビ丸だった。

「だってさ。ごめんね」

寿々はまんまるな目をこちらに向けるマルチーズに言った。


「お江戸の味って、なに食べに行けばいい？」

ブログのための緊急アンケートを、川べりのテラスで行う。

回答者は地元の友人たち。

「すし、そば、うなぎ」

「天ぷら」

「たまごやき」

「団子、団子、団子」

「あなごずし」

「ワウウ（鳥鍋だって、と通訳の声）」

答えを聞いていると、

「おーい、ビールとラムネ持って来たぞ」

クーラーボックスを抱えた寛太が近づいて来た。

半歩下がって、同行の青年一名。

「寛太が連れてるの、誰。お稚児さん？」

「陸夫だよ、寛太の弟」

「えーあんな美少年だっけ？　おそろしく似てないね」

　幹事にしては遅すぎる、仕事かね、とみんなで言いながら、もう来るでしょ、とべつに居場所を確かめもしなかったけれど、弟と連れ立っていたみたいだ。

「おー、寛太だ」

「ビールだ」

「ビール寛太だ」

「いや、ラムネ寛太かも」

　意味不明なことを言いながら、男たちが迎えに行く。

「あと、甘いのもあるぞ」

　寛太が言った。

「朝比奈の指令通り、不忍池（しのばずのいけ）のドンレミーアウトレットで陸夫に買って来てもらった」

「やったー」

　と勉強好きのためか同学年でひとりまだ学生、大学院生の朝比奈さんがその場で両手を挙げた。「美味しいの。あそこのケーキの切れっ端の詰め合わせ。激安なのに、ケーキ本体より美味しいかも」

「そんなあ」

「ないない」

　と異議の笑い声が起きる。でも彼女は意見を曲げなかった。「ほんと、食べたらわかるから」

出迎えに立った三人が大荷物を受け取り、身軽になった寛太と弟が空いた席に着いた。

そのへんのやり方は適当。みんなだいたい近所だから、出入りも自由。最後は余ったものを持ち帰ればいいというくらいのゆるい会だった。

お手洗いは、近くのグラウンドの脇にあるものを使わせてもらう。昔、寛太と源兄もよく練習しに来ていた、公営の野球用のグラウンドだった。

さかいやの三兄弟のうち、一番下の陸夫だけは、野球をせずに絵をならいに行き、今は上野の美大に通っている。

夕刻になり、何人かが固まってお手洗いに立つと、そろそろ引き上げどきの空気になった。

「ラムネはまあ、また売れなくなったかな。寿々が言ってた通り、ゲーム感覚だったのかも。場所当てっぽいのだろ」

寛太がこそっと、その後の様子を話してくれる。

「そっかあ、残念」

寿々は言った。「まだビル建たないね」

「いや、大丈夫。ずっと売り上げゼロだったのに、急に二桁だから。すごい成長。スズノミクス。ありがとう」

仕入れをミスった酒屋の次男坊は鷹揚（おうよう）に笑った。「それに、俺には年末ジャンボがあるから」

ほんの数分で暗さの増した川面を、ライトアップされた船が渡る。

ゆったりした速度と船のサイズ、周囲の景色の見え方との調和は、きっとタイミングのもの

だったのだろう。テラス、と呼ばれる遊歩道にあるベンチとテーブルの上を片づけていた数人は、誰からともなく手を止めると、

「あ。屋形船」

やっぱきれいだねえ、すげえなあ、きれいだなあ、と川面を行く船をうっとり眺めていた。

4

十二月に入ってひとつ、寿々には嬉しい仕事の話が届いた。

まだ本決まりではなかったけれど、来春からＢＳの局で江戸の食文化を紹介する番組がはじまり、その出演者に内定しかけているという。

「こわいぐらい、社長の狙い通りでしたね」

企画書（仮）のコピーをぺらりとテーブルに置く伊吹副社長の声に、

「そうね」

デスクのいつき社長は嬉しそうな声を上げた。

都心雑居ビルの二階、〈オフィスいつき〉の社長室には、もちろん寿々本人も呼ばれていた。社長のデスクの前に、緑色の固いソファ二つとガラステーブルの小さなセットがあり、例によって朝の仕事を終えてから、東京メトロで出向いた寿々はそこで副社長と向かいあっている。

「笹乃雪での残念会から、まだ二ヵ月……いや、一ヵ月半しか経たないのに」

「あのとき、見えたのよ。本当は。すずちゃんが、町娘の格好をして、若い赤穂浪士と恋に落

ちるところが」

「まさか……本当に」

夫婦だから自宅でやってくれてもいいようなやり取りを聞かされるのは、この事務所ならではの楽しみだった。

簡単に言えば、すずちゃん、どうせならお江戸に興味があるってことを売りにしちゃえば、という社長の思いつきに乗り、こわごわブログをはじめたばかりで、見事キャスティングしてくれた素敵な局があったということだった。

江戸の食や文化に興味を持ちはじめたのは本当だったから、そのこと自体にやましさはなかったけれど、もし詳しいと勘違いされていたら、かなりがっかりされる自信はある。いつき社長と伊吹副社長は、疑似餌で水面をこすったくらいでもう魚が釣れた、という喜び方をしているけれど、寿々にしてみれば、まだ疑似餌すらつけていない状態だった。

ノウハウなしのラッキーだけで、二回目以降のチャンスがあるとは思えない。

「それでね、あちらのプロデューサーが、一回、すずちゃんと会いたいって」

いつき社長の説明に、

「はい」

寿々はうなずいた。スケジュールに関しては、副社長のほうが決めて伝えてくれる手筈になり、小さな事務所とはいえ他にスタッフもいるのに、やはりここはせっかくのチャンス。上手く取り纏めたい社長か、副社長のどちらかが同席する話だろうと聞いていると、スマホをいじ

りはじめた社長が、

「あれ、ないわ。江島(えじま)Pの写真。持ってるはずなんだけど。伊吹は？　パーティで一緒に撮ったじゃない、橋田壽賀子(はしだすがこ)先生賞のとき」

　と副社長に訊き、

「たぶん……あります、私の携帯に」

「だったら見せてあげて。すずちゃんに、念のため」

　というやり取りをしているから、もしかしてそのプロデューサーとふたりなのかと不思議に思い、訊くと、

「そう」

　と、いつき社長がきっぱりと言った。「すずちゃんとふたりで話したいって。江島さん。平気よ、絶対会って損はないから。なにも悪いようにはしない人。そして楽しい人」

　英国の童謡かなにかみたいな、どこか謎めいた社長の言葉に合わせるように、自分のガラケーに映したピクチャーを伊吹副社長が差し出した。

　満面笑みのいつき社長の首にぐいと手を回し、きつく頰を寄せているおじさんの顔。

　この人が江島プロデューサー……と寿々はその人の姿を一応目に焼きつけておいた。

　翌日にはもう副社長から連絡があって、相手の指定した場所と時間を教えられた。

　浅草の老舗のお寿司屋さんでの待ち合わせだった。

江戸の食文化に関しての番組を準備する、と思えば自然だったけれど、はじめは局内か、近くのカフェやファミレスでの打ち合わせなんかにむしろ馴れていたし、他のスタッフ抜きで、まずふたりで話したい、という妙な希望も耳に残っていたから、なんだかすごくアダルトな気分になった。

「それさあ、枕だよね」

いつもはＬＩＮＥだけの田島奈央が、わざわざ勢い込んで電話して来たところをみると、寿々自身、疑いのかけらくらいは持っても仕方なさそうな話だった。

「枕？」

「うん。来たね、すず、がんばって。写真は撮られないようにね」

「いやいやいや、そんなんじゃないから」

寿々は精いっぱい否定をした。寿々自身はもとより、〈オフィスいつき〉はそうやって業界を渡って来たというタイプの事務所でもなかった。安心の小規模経営、アットホームな雰囲気で知られている。

「枕だよ」

「いやいやいやいや、違うって」

「がんばって」

と電話を切った田島奈央は、すぐに応援スタンプ入り、同じメッセージまで送ってくれた。

「どういうことだと思う？　寛太」

いつまでも消えない、もやもやしたものが心にあり、寿々はまず幼なじみのもとへ走った。

だいぶ外は肌寒くなって来たから、さかいやの店内で休ませてもらう。

ホットの飲み物を一本、寛太が手渡してくれた。

「なんでふたりなんだと思う？　初対面のおじさんと」

「いや、俺に訊かれても」

寛太はほうじ茶の入った自分の湯飲みを手に、そこはずっと品物なし、がらんとした陳列棚の脇にあったパイプ椅子に腰掛けた。「そっちの業界のことまったく知らないし。もし全然的外れなこと言ったら悪いじゃん。勝手な想像みたいなの。そういうのって、やっぱり失礼だし、寿々だって、傷つくだろ」

「平気、言ってみて」

「お持ち帰り？」

寿々は小さく首を振り、あたたかな紅茶に口をつけた。

「嘘だよ、嘘。ごめん。本当にごめん。冗談だって。二度と言わないから」

謝る寛太をしばらく本気で無視する。

おばあちゃんには申し訳なくて、どう思うかも訊けなかった。

どんな小さなことでも、いつも寿々本人より、心配してくれるのだから尚更だった。

「寿々、おばあちゃん、作ったよ」

孫のかすかな元気のなさにも気づくおばあちゃんは、真っ直ぐ寿々の目を見ると、にこやかに言った。

「なにを」

「二つだけ」

「なに？」

「まだ内緒。あとで」

その秘密がよほど嬉しいのか、目が合うと、おばあちゃんはずっとにやりにやり笑っている。いつも通りの早めの晩ご飯のとき、ようやくその秘密をおばあちゃんが食卓にのせた。俵型に固めたご飯に、小鯛の昆布締めがぺたりと張り付いている。

「ニセけぬきすし」

それがお皿に二つあった。

「……おばあちゃん」

「寿々、ひとつ食べてみて」

「……うん」

勧められるまま、寿々は口に入れた。本家、笹巻けぬきすしとは違って、市販の寿司酢を混ぜたような、普通の家庭料理の味わいだった。「うん、おいしいよ、おばあちゃん」

「よかった。でも私、本物を食べたことないから……じつは味がわからなくて」

「……今度、笹巻けぬきすし、おみやげで買って来るから」

「あら、嬉しい。ほんと？　約束だよ」

「うん」

と寿々はうなずく。おばあちゃんが悪戯っぽい視線をこちらに向け、口もとをゆるめたから、大体からかわれたのだとわかった。前髪メッシュの可愛いおばあちゃんは、いよいよ声を上げて笑っている。

「あのね、たまたまお隣から鯛の昆布締めいただいてね。見たら、寿々のブログの写真に似たのが作れそうで」

それで半日かけて仕込んでくれる熱意に呆れながら笑うと、寿々はほんのり不安の差していた気持ちが、だいぶ晴れたのを感じていた。


創業慶応二年。

もともとは浅草寺の土地だという三区、老舗、弁天山美家古寿司のカウンター席でその人は待っていた。

寿々も時間前に着いたのだけれど、相手が先だった。

「大丈夫、私も今来たところだから」

その人はかすれた声で言うと、にこやかに名刺を差し出した。

江島さん、というプロデューサーは、見た目がとてもダンディな……女性だった。短髪で、肩幅ががっしりしていて、背広みたいなジャケットを着ている。それで女性名の名刺だったから、寿々はずいぶん怪訝(けげん)そうにしてしまったのだろう。

「ハハハ、初対面どころか、何回会っても男性だと信じて疑わない人もいるから大丈夫、気にしないよ」という謎の自己紹介までしてくれた。

「寿々ちゃんって呼んでいい？」

「はい」

寿々は、ひとまずほっとして腰が砕けそうになった。

モダンなつくりの七人がけのカウンターに、寿々たちも入れてふたりずつ三組が座っていた。奥にあるテーブル席も、だいぶふさがっている様子に見える。

「あ、それで、悪いけど」

江島さんは下戸だということだったので、寿々も合わせ、熱いお茶をいただくことにした。それから注文も倣い、まず一緒のねぎま汁を頼んでもらう。

まぐろとねぎの入った、シンプルなしょうゆ汁だった。

素朴で、ほわっとあたたかい。それを半分ほど飲んだところで、すだちをしぼり入れると、途端にさっぱりとやわらかな味に変わった。劇的な変化だった。

わあ、と感激して目を見開く寿々の横で、江島さんはうなずいている。

「このお店は、はじめて？」

江島さんに訊かれ、

「はじめてです。でも、最近ガイドブックで見て、いつか来たいと思っていたところです」

　寿々は正直に伝えた。昔と変わらない、江戸前寿司の伝統を守っているお店と知って興味を持っていた。目の前のケースに並ぶネタは、イカ、海老、帆立、トリ貝、赤貝、穴子、玉子焼き。隣のケースに、白身の魚、たこなんかが見える。今の感覚で言えば寿司ネタの王道と言えるようなもの、トロやウニやいくら、といったものが、そういえば見当たらない。

「じゃあ、お寿司食べましょう」

　江島さんの注文を聞いて、前に立つ若い六代目がにこやかにコースを握ってくれることになった。苦手なネタはないか訊かれ、ないと答える。

　対面する職人さんにいきなりほっとできる笑顔を向けられ、寿々の緊張はほぼ解消。美味しいものを食べる準備が完全に整った。

　ケースのネタと、六代目の手元を見る。

　真鯛。

　ヒラメの昆布締め。

　そのままどうぞ、と付け台に並べて置かれた口開け二貫の、分厚い白身と、そこに塗られた煮きり醤油（しょうゆ）のつややかな色に寿々は嬉しくなった。

　皮をあぶってある様子の真鯛を口に運び、うわ、おいしい、と右の江島さんを見ると、うん、と江島さんはうなずき、もうヒラメの昆布締めを口に放り込んでいる。寿々も負けじとヒラメの昆布締めを食べる。よく利いたこぶが香る、やさしい白身の口当たりがいい。

つづいて二つ。ぶりと赤貝が並ぶ。

きれいなピンクをしたぶりは、あぶらがのって、見た目ばかりか、味わいもトロみたいで驚く。赤貝は肉厚で、さくっと歯切れがいい。

つづいて、よく酢でしまったコハダと、しゃきしゃきのほっき。

「どう？」

と江島さん。

「おいしいです、ここのお寿司。今まで味わったことのないおいしさです」

寿々は語彙の少なさを自覚しつつ、素直な感情を伝えた。どれも口の中で広がる味と食感が心地よく、なんだろう、どんどん幸せな気分になる。

口に入れた瞬間にほわんと香る、寿司酢の主張が本当にちょうどいい具合で、寿々は一貫一貫、口にいれるたび、ずっと自分がにこにこしているのに気づいた。

つぎは、きすと海老。

きすの握りは、酢とわさびがきいて爽やかな味わい。海老は付け台の上でぷりんと光って、食べるのがもったいなく見える。

「それは細巻(さいまき)海老です」

横のケースの向こうから、老師、といった風情の五代目がわざわざ教えてくれる。やさしく穏やかな口調なのに、淀(よど)みなく、聞き取りやすい。

「海老は大きさで四つにわかれるんです。小さいほうから、小巻海老、細巻海老、巻海老、車海老」

「へえ、これは細巻海老なんですね」

寿々は教授の解説に相づちをうつアシスタントのように言い、それからつるつるの海老の表面を、あらためてじっと見た。

「なんて綺麗な赤」

付け台に置かれた一貫を目で楽しみ、耳で楽しみ、もちろん口に運んで楽しむ。

「おー。甘くて、おいしい」

海老の下にはでんぶが敷かれ、噛むほどに甘さが際立つ。

つづく穴子にも、よそと違った調理をほどこしてある。爽やかな「さわ煮」。砂糖と薄口の醤油とお酒で白く煮たという穴子は、香ばしく、ふんわりしている。そこにちょんと塗られた甘いツメとの相性がまた絶妙だった。

そしていよいよ寿々は人生ではじめての出会いをした。

煮イカの握り。

歯切れのいい食感のするめに、甘いツメ、それが酢めしに載っているものを生まれてはじめて口に運び入れた。

ほどよい歯ごたえがあり、とろける甘さが舌の上に広がる。

「それが江戸のイカですよ」

六代目の嬉しそうな説明に、やっぱり自分は江戸との相性が最高なのだと、寿々は図々しくも確信した。

これが江戸のお寿司か。

煮イカ……するめイカの握り。

まったく想像もしなかったおいしさを、もっと味わいたい。

同時に置かれたまぐろの醤油漬けも、素晴らしかった。醤油の味は少なめに、ぶわーっと口に広がるまぐろの味を、ついきょろきょろと目で追いかける。

だし巻きではなく、芝エビのすり身を入れ、下に敷いたでんぶの甘さを感じるくらかけの玉子も美味しい。寿々にとって、お寿司の玉子はもうこちらしかない、といきなり言いたくなるくらいだった。

海苔の香り立つ鉄火巻き。

わさびと合わせたかんぴょう巻。

どちらも味が濃く、醤油をつけずにそのままいただける。

これでひとまず、頼んだコースは終わり、とのことだった。寿々は小皿にさした醤油を、本当に一度も寿司につけなかったと気づいた。

「いいね、寿々ちゃん。あなた、地味だけど楽しそうに食べるね」

ご自分もぽんぽん、にこにこ、ただ嬉しそうに口を動かしている様子だったダンディな女性、江島さんは、果たしてこれでなにか仕事の役には立ったのだろうか。寿々のほうに短く笑顔を向けると、

「じゃあ、あといくつか追加で食べましょう」

と、ふたたびネタの並んだケースをじっと見つめながら言った。

第四話　変わらぬ味

1

「寿々ちゃん、じゃあ、また会いましょう」

弁天山美家古寿司をあとにして、大通りに出ると、バーバリーのトレンチコートをかっちり着た江島プロデューサーは、さらりと言った。

新番組のキャスティングをえさに、枕営業を求められるのでは、と面談が決まって以来、ひとり（というより、友人のモデルブロガー、田島奈央にすっかり煽られて）勝手な心配をしていた寿々だったけれど、会ってみれば、江島さんは男っぽい外見ながら女の人。話せば気のいい美食家といったふうだったから、ひとまずほっとして、あとは勧められるまま、テンポよく出される江戸前のにぎりをすっかり堪能してしまった。

おいしかった。

幸せだった。

また食べたい。

それが寿々の偽りない感想で、駅へ向かう足取りもつい軽くなるのだったけれど、本当はその時間、もっと自己アピールをするとか、新番組について熱心に質問するとか、なにか気の利いたアイディアのひとつでも提供するとか、そういった努力をしなくてはいけなかったのではないだろうか。

今ごろそんなことに気づき、寿々はちょっと自分にがっかりした。

実際は食事のあと、少しお茶を飲んで話すような時間があるのだろうとは思っていたのだけれど。

あのまま食事と同時に面談も終わりでは、いくらジャッジされる立場とはいえ、あまりにも手応えがなさすぎた。

また会いましょう、という言葉だって、果たして合格を意味するものなのか、それとも単なる社交辞令、いつかまたチャンスがあったらね、の意味なのかもわからない。

もっとも、そんなことを今になってあれこれ悩んでも仕方がない。そう思うくらいには、寿々は落ち着いていた。

新しい仕事が増えるのはもちろん嬉しいけれど、とにかく毎朝の番組に打ち込んでいたし、寿々自身、現状に大きな不満を持つわけではなかった。

もし今回残念な結果になったとしても、信じられないおいしさのお寿司を食べることができたのだ。

それで十分だった。

最寄り駅から帰る途中、閉じかけた地元酒店、さかいやの店内に眠そうな幼なじみを見つけた。

「おーい」

明るく声をかけると、寛太はのそっと顔を上げて、

「どうだった。大丈夫だった？」

といきなり訊く。

「うん、信じられないくらい、おいしいお寿司食べた」

「なんだ。待ってて損した」

「待ってたんだ」

「おう」

寛太が胸を張って答えたから、寿々は少し照れた。結局は寿々本人がしっかりした態度を取っていればなにも問題ないと思ったのか、身が危険そうなら行くなとか、なにかあったらすぐに逃げて来いとかいちいち細かいことは言わなかったけれど、成り行きを見守って、店を閉めずにこうして待っていてくれたのだから、そこそこ友情に篤い、いいやつなのだろう。

「なんのネタがうまかった？　トロ？　ウニ？」

寛太が訊く。

「それがね、トロもウニもなかったんだ」

「まさか。そんな寿司屋あんの」

「寛太、江戸前知らないね」

「おまえだって、絶対知らなかっただろ」

「うん、二時間前まではね」

「で、なにがあんの、そこ」

「するめの煮イカ。にぎりで」

「煮イカ？　かわってんな、それ。食べたことないや」

「私もはじめて。おいしかった。絶品」

そんなことを立って話しているところに、ＬＩＮＥのメッセージが届く。

見ると、この前集まったメンバーのうちのひとり、夕樹の愛犬、マルチーズのトビ丸からで、

『うちのばーちゃんにきいたら、べんまつのお弁当も江戸時代からあるんだって。すずちん、食べてみて。トビたんでした～』

とあった。

「べんまつのお弁当って、知ってる？」

さっそく寛太に訊くと、

「おお、味の濃いやつな。知ってる。母ちゃんが生きてるとき、よく食べた。しょっぱくて、甘くて、豆のきんとんがどっさり入ってるんだよ。あれ、母ちゃんが好きで買って来てたんだよな。だから死んでからは一度も食べてないや。でも、あのぎっしりしたお弁当、たまにすご

く食べたい気もするな。なみろくだったかな、うまいの」

たっぷりしたパーカーを着込んでレジ前に腰掛けた寛太は、その場で懐かしの甘じょっぱいおかずでも思い浮かべたのだろうか。パントマイムみたいに口をもぐもぐさせ、実際に味がしないことにがっかりしたようなため息をついた。「でも、なんで？　どうかした？　弁当」

「そこのお弁当も、江戸時代からあるんだって」

「へえ、そうなんだ」

と寛太。「誰からの情報？」

「トビたんが教えてくれた」

「トビたん？　って、ああ、夕樹だろ」

寿々がちらっとスマホを見せると、寛太は首を振り、当たり前の指摘をした。「あいつさあ、結構可愛(かわい)いのに……犬、ずっと犬だもんな。残念なやつだよな」

「残念って、寛太には言われたくないんじゃないかな、夕樹も」

寿々はからかうように言い、小さく笑った。

「なんで。どういう意味だよ」

灯(あか)りの半分落ちた店内で、寛太は分厚い胸を反らせ、口を尖(とが)らせた。

「だって宝くじでお店をビルに建て替えるって真面目に計画してるのも、若者にしては、ちょっと残念なんじゃないかな」

「いや。若いから、他に方法なんかないんだって」

寛太はつまらなそうに言い返し、それから寿々と同じく笑った。

2

「江戸まちめぐり」の日記をはじめてから、寿々はスマホやガイドブックを片手にひとり歩く日が増えた。

もちろん翌朝のことを思えば、平日ではそう遠くへは行けなかったし、そもそも事務所のいつき社長の発案ではじまった企画とはいえ、形式としては、ほぼ寿々の個人ブログ。コメント欄の管理なんかはスタッフに全部任せているにしても、取材、執筆のための予算を特別に支給されているわけでもない。

もっとも、たぶん泣きつけば、

「じゃあ、領収書持って来て。一万円以上はふたつに分けてね」

とでも言って、たぬき顔の伊吹副社長が毎回どうにかしてくれそうな気はしたけれども。ただ、日々事務所に顔を出すわけではなかったし、なるべくなら人をわずらわせたくない。

近くの名所を見て回るとか、お昼前にちょこっとなにか食べて帰るとか、お茶菓子を二つ三つ買いに行くというくらいのことだったら、寿々は自分のお財布の中身と相談してやりくりするつもりだった。

その日もケイトスペードの長財布とよく相談して、寿々は日本橋のデパートに寄り、ＬＩＮＥでトビ丸に教わった「べんまつ」のお弁当を買った。

榮太樓總本鋪のきんつばも買い、そこから隅田川べりまで足を延ばす。

おばあちゃんのぶんのお弁当もお土産に買ったから、急いで帰って、一緒に食べてもよかったのだけれど、そもそも食事の時間がちょっとずれていたし、なによりよく日が差して、暖かな陽気だった。

冬本番、そろそろこんなチャンスは滅多になくなるだろう。

十五分、二十分も歩けば、小舟町から人形町、浜町の公園につく。

リバーフロントのマンションが建ち並ぶ対岸を眺めながら、高速下にあるこちらのテーブルに陣取り、寿々はずっしりと重い、二段重ねの折り詰め弁当を開いた。

経木のフタを外すと、ふわっと木のいいかおりがする。

日本橋弁松総本店の「並六」弁当。

並六、とは折り詰めのサイズのことらしい。一つ目の折に青い梅干しの載った白いご飯、もう一つの折に、ぎっしりおかずが詰まっている。

シンプルでなかなか迫力のある折り詰めだった。あの日、寛太が口にした、なみろく、の言葉をなんとなく覚えて帰ったのだけれど、さっき寄った売り場でも、訊けば、やはり人気のお弁当のようだった。

折に詰められたおかずは、メカジキの照り焼き。きれいな半月形の玉子焼き。ふちのピンクがあざやかなかまぼこ。しいたけ、さといも、れんこん、たけのこ、ごぼう、といった野菜の甘煮。昆布と合わせたしょうがの辛煮。甘く炊いた生麩。

そして寛太も言っていた豆のきんとんは、折りの一角にぎっしり、たっぷりと詰められている。

甘くてしょっぱい、と聞かされた通り、煮物や焼き物の味つけは見るからに濃そうで、どこかのどかな周りの景色と一緒に写真におさめると、寿々はさっそく箸をつけた。

絹さやを食べ、しいたけを口に入れると、よく染み込んだ煮汁が舌の上に甘く広がって行く。

「おいしい、これ」

ひとりごちて寿々はにんまりした。

変わらない大きな川の流れを求めて、ここまで歩いて来たのもお江戸の気分。

いつものように別れた恋人のことをちくちく、ちくちく思い出して歩くのではなくて、ただゆったりと川を眺めるのに相応しい、大らかな味つけに感じられた。

メカジキは脂がのり、しょうがの辛煮は、少しでもしっかりと辛い。玉子焼きはまた甘くふわっとしている。寛太お気に入りの白い豆きんとんに至っては、締めのデザートにも近い味だった。

おいしい、これ。

疲れがとれる。

たぶん今の寿々の心と体の疲れ具合には、江戸流のほぐし方がちょうどいいのだろう。

おいしい。

甘い。

おいしい。

甘い。

今度は声に出さずに繰り返し、寿々は川面と対岸の景色をにこにこと眺めていた。


おばあちゃんへのお土産は、ご飯が「たこ飯」になっている折り詰めで、

「うわあ、たくさんだね。これは。夜もこれで大丈夫だね」

目を丸くしながらも、ずいぶん喜んでくれた。

「嬉しいね、ありがとね。寿々。さっそくばあちゃんいただくから、あんたもお食べよ」

寿々は並六ですっかり満腹だったけれど（白ご飯は半分持ち帰った）、たこ飯は食べていなかったから、いつものおやつ感覚で、ちょびっとだけ味見させてもらう。やわらかなたこと生姜が炊き込まれた、ほんのり桜色の、やさしい味のご飯だった。

3

BSの新番組については、まだ正式な決定にならないようだったけれど、

「だいぶ楽しかったそうじゃない。すずちゃん、好感触」

旧知のプロデューサーに挨拶の電話をかけたらしいいつき社長は、明るくそう言った。

おそらく絶品のお寿司と、老舗なのに少しも気取らない、粋で陽気な弁天山美家古寿司の雰囲気が楽しさの大半を占めているのだろうとは思ったものの、とりあえず寿々の気が利かなす

ぎて、相手を激怒させたということはなさそうだった。

「あとはいい知らせを待ちましょう」

と、いつき社長は口角を持ち上げ、きれいな笑顔で言う。

「それでまあ残念だったら、またなにか、残念会でおいしいもの食べればいいじゃない。ね」

思い立って妙な勢いがつくこともあるくせに、基本どこかゆるやかなのが〈オフィスいつき〉だった。

社長が出身地、茨城県桜川市真壁町のひなまつりの話をして、その日の用は終わった。


「どうするの？　お正月は。もちろん、こっち帰るんでしょ」

都下に住む母親から連絡をもらったのは、十二月も半ば近くなってからだった。

そうだった。自分は両親の住む実家を離れて、勤務先に近いおばあちゃんちに住まわせてもらっている身だったと寿々は久しぶりに思い出したのだけれど、でも簡単な荷物を取りに戻って、ついでに一泊したのは夏だったたか。

親の立場ではともかく、社会人となった娘としては、この前帰ったばかり、という気もしなくはない。

「なんで、帰らないとダメ？」

「うーん、じつはお父さんがね。寿々はどうした、寿々はどうした、年末はいつ帰って来るんだって」

言い出すとうるさいタイプなのは、娘の寿々もわかっている。

「ふたりが来れば？　おばあちゃんちに。っていうか、ママは実家でしょ」

「うーん、そうなんだけど。ほら、お父さんは毎年、上司のお宅にお年始参りがあるから」

「ない日に来たら」

ひとまずそんな提案をして、先のことはまた、と結論を濁して電話を切ると、

「お正月かい。いいよ、親子三人、仲良く過ごしておいでよ」

ずるりとメカブ茶を飲んでいたおばあちゃんが、にこやかに言った。「私はもう、お正月にひとりなんて、馴れてるから」

「おばあちゃん」

「本当にいいんだって。おせちもね、コンビニでちょこっと、ひとり用を買えばいいんだし、そういうのが気楽」

にこにこ、にこにこと口にすればするほど、おばあちゃんの細い身には寂しさがまとわりつくようで、ここでひとりにするのは可哀想（かわいそう）に思えた。

「おばあちゃん。私、お正月もこっちで過ごすよ。一緒にお参り行こうよ。あと、梅園（うめぞの）で粟（あわ）ぜんざい食べたい」

寿々が口にしても、いいからいいから、親子三人で、仲良くお過ごしよ、とおばあちゃんは、すました顔で首を横に振っていた。

手作りの黒糖パンにマスタードをぬり、チーズをのせ、ハムソテーをのせ、スクランブルエッグをのせ、刻みピクルスとケチャップをのせてサンドしたものを、おばあちゃんが作ってくれた。

　いいからいいから、なんて言ったわりに、寿々がやっぱりお正月に帰らないと宣言したのが、おばあちゃんには嬉（うれ）しかったのかもしれない。

「おいしい、これ」

　かぶりついて喜ぶ寿々に、

「富澤（とみざわ）商店の粉だよ。ばあちゃん、今、富澤商店に凝ってるから」

　妙に洒落（しゃれ）たことをおばあちゃんは言った。製菓・製パン材料や、乾物、食材、調理器具なんかも扱う人気のショップだった。都内でもデパートやショッピングモールによく入っている。

「行ったの？　どこの富澤商店？」

「通販、通販。えっと、インターネットショッピング？」

　と、江戸っ子の新しもの好きを自任するおばあちゃんは胸を張った。

「さすがだね」

　相変わらず、寿々が事務所から借りているｉＰａｄを存分に活用しているらしい。

　次の日は、寿々が仕事から帰ると、玄関に履きつぶしたような大きなスニーカーがあった。

「誰？　おばあちゃん、お客さん？」

警戒しながら、まず居間兼食堂に進むと、

「お帰り」

なんだかにこやかに、寛太がひとり食卓に向かっていた。おばあちゃんは流しに立って、料理だか洗いものだかをしている。

「なんで、寛太が？　あ、ノシたこ食べに来た？」

「いや」

「じゃあ、どうしたの」

「お帰り」

話していると、
とおばあちゃんが振り返った。「寿々、寛太が来てるよ」

「知ってる」

「そうだね、そこにいるね」

「いやあ、俺、お皿返しに来たんだけど、そしたら、インカのめざめでポテサラ作ったたって言うんだぜ、ばあちゃん」

「なにそれ、おいしそう」

「だろ。俺、本当はよく知らなかったんだけど、食べたらうまいのな。インカのめざめ。じゃがいもなのに甘くて。それでおかわり食べさせてもらってたら、今度はいきなり、しゃけのバター焼きが出てきちゃって」

「ひい」

「だってお腹すいた顔してっから、寛太」

と、おばあちゃん。今は三角おむすびを握り、それにお味噌を塗っているようだった。「寿々も食べるかい？　味噌にぎり」

「うん。ポテサラもある？　インカのめざめの」

「あるよ」

寿々は洗面所へ行き、手を洗って戻ると、寛太の正面に腰を下ろした。そのいつもの定位置には、もうサラダの入ったガラスのお皿とフォークが置いてある。

ころんとした黄金のポテトと、きれいな緑のブロッコリー。それと厚めにスライスした赤いにんじんがマヨネーズで和えてある。見た目にも、ずいぶん美しいサラダだった。

おいしそう。

口許に少し舌を出しかけた寿々を見て、寛太が笑った。

「寿々のばあちゃん、しゃれた料理つくるよな」

「ｉＰａｄでしょ、ｉＰａｄ。ね、おばあちゃん」

「そうだよ、ばあちゃん、最新のレシピ見てるからね」

おばあちゃんはすました顔で言う。レシピ、の声にちょっとおどけた表情を返し、

「新しいことを試すのが好きなんだって、江戸っ子だから」

と寿々は寛太に説明した。

それからやっと寿々は、黄金色のポテトをフォークで口に運んだ。甘い、と目を細めると、

「なあ。寿々、そういえばおまえ、まだ好きなの？」

寛太がこちらを見て言う。一瞬どきりとしたのに気づかれないよう、寿々は気持ちを落ち着けた。

「なにが？」

「なに、じゃなくて人……あいつ」

今度こそ胸に、太い釘が三センチほど刺さったような痛みが走った。

「誰を」

でも、まだ強がる。

いつか、寛太に名前は教えただろうか。勤め先は。出身地は。

キャンセルした式の予定日は。

「誰って、決まってるだろ」

がっしりした体格の幼なじみは、得意げに言った。「こーちゃん……堂本光一」

「はい？」

それは寿々が小学校時代にしっかり憧れた、もちろんＫｉｎＫｉ Ｋｉｄｓの王子、ジャニーズ事務所のアイドルだった。

「なんで。急に」

「だって、昔、俺がやったキンキのポスター、まだ部屋に貼ってあるだろ、ファンタのやつ。

あれ、小四か小五のときだったよな。店にある古いの、お願いだからくれないかって。俺、脚立持って来て、おやじに内緒で剝がしたんだぜ」

「まさか見たの？　部屋」

　寿々の静かな反応に、寛太は視線をそらした。

「ばあちゃんが見ろって。俺、やだって言ったんだ」

「おばあちゃん」

　と、声をかけられるのを事前に予測したのか、おばあちゃんは捜し物でもあるような顔をして廊下へ向かっている。

　子供のときに貼ったポスターが部屋にそのままあるのは、もちろん寿々が剝がさずに引っ越し、その同じ部屋に戻ったからだった。つまり、おばあちゃんは十年以上、三年だけ住んだ孫娘の部屋をそのままキープしておいてくれたのだった。

「ねえ、寛太は、ばあちゃんが死ねって言ったら、死ぬの？」

　寿々の問いに、寛太は呆れた表情をして首を振る。

「言わないよ、ばあちゃんはそんなこと」

　そしてしらじらしく壁の時計を見ると、

「やっべえ、俺、早く仕事戻らねえと。源兄に首絞められる」

　寛太は大きな味噌おにぎりを二口で片づけ、

「ごっそうさん」

と飯屋をあとにする江戸の町人みたいに言って席を立った。

4

おばあちゃんとふたりで年末の買い出しをして、おばあちゃんとふたりで新しい年を迎えた。浅草寺は絶対に人ごみで大変だからと初詣は近くの神社で済ませ、家に戻るとおばあちゃんとゆっくり、一緒にテレビを観(み)たり、狭い和室に座布団を敷き、教わって花札をしたりした。

「寿々、お勉強の時間だよ」

HDDに録りためていた時代劇を、おばあちゃんが勝手に再生する。

「えー、おばあちゃん、また大江戸捜査網?」

「だってかっこいいじゃないよ、伝法寺(でんぽうじ)隼人(はやと)。死して屍(しかばね)ひろうものなし、死して屍ひろうものなしってね」

劇の終盤、決まって流れるナレーションの名調子をおばあちゃんは真似(まね)した。焼いたお餅を食べながら、そんなふうに時代劇を観る。寿々にはめずらしいお正月になった。

娘が戻らないのにしびれを切らした両親は、ようやく三日に年賀に訪れたので、寿々は父親を上手(うま)くそそのかして、浅草の天ぷら屋さんに連れて行ってもらうことにした。

「お父さん、私、これからお江戸のことをいっぱい勉強しなくちゃいけない。それで、うまく仕事につなげられたらいいなって思うんだけど」

雷太鼓に似たかき揚げ=雷神揚げで有名なそのお店は、弁天山美家古寿司の五代目にも、行くといいですよ、と勧めてもらった老舗だった。

公会堂の向かい、並びの建物から凹の字形に下がったところに、どっしりと日本家屋を構えている。

〈創業明治三年　天麩羅中清〉の看板を横目に、石畳を踏み、石灯籠の脇を行くと、お正月を祝う門松と、紺のれんの掛かった引き戸が待つ。幕末に屋台で開業し、今の場所に店を構えたのが、明治の三年になるということのようだった。

「江戸は独身の男が多かったから、外食の屋台が流行ったんだってね。うなぎも、寿司も、そばも、はじめは屋台だから」

物知りなおばあちゃんが言う。

「それ、私も知ってる。五代目に教わった」

寿々はクイズに答え遅れたような、口惜しい気持ちで言った。「パリよりも人口が多かったんでしょ。その頃の江戸は。確か、六十万人？」

「へえ、そうかね」

よそ行きのスーツを着た両親を先に立たせ、おばあちゃんと仲良く並んで、「中清」の玄関から中に入る。

ｉＰａｄをよく使いこなすおばあちゃんとは、まだ寿々の両親が年賀に訪れる前から、お正月のうちに一度、天ぷら食べたいね、行こうよ、行くなら中清だね、とお店のホームページを見て話していた。

あれ食べたい、とか、これ食べよう、とか、遠足の前みたいに。

肌つやがよく、ちょっと下ぶくれ顔の寿々の母親は、フィリピンの女帝、イメルダ夫人に似ていて、眼鏡をかけた真面目な銀行員、寿々の父親は俳優の池部良に似ている、と親戚たちはよく言ったけれど、正直どちらの人物も、寿々の年齢ではぴんと来ない。ただ両人物とも写真を見たことはあったから、似ている、と言われる感じはなんとなくわかった。

予約した個室に通され、以前は同居していた時期もある四人でテーブルの席についた。

粋な和服のお姐(ねえ)さんに、飲み物を伝える。

食べ物の注文はコース料理と、最後にひとつだけ、評判の雷神揚げを持って来てくれるようにと頼んだ。

「でも四人にひとつで大丈夫かな？　雷神揚げ。ふたつにするか？　そしたら二人で一個ずつになる」

いつまでもメニューを手放さない父親ひとりが、心配そうに口にしていたけれど、

「平気でしょ。みんな、そんなに食べられるかどうかわからないから。とりあえずひとつ取って、味見できれば」

女三人の意見には勝てなかった。

お座敷に椅子とテーブル、床の間があり、障子に多くを仕切られた個室だった。雪見障子の一種だろうか、中庭に面した障子には小さく窓があり、そこから鯉(こい)の泳ぐ池が見える。

前菜は新年らしく、数の子とするめの松前(まつまえ)漬けだった。

それから、ほっこりしたクワイの素揚げ。マグロの角煮は、濃いめの味つけでお酒に合いそうだった（でも、寿々はお茶をいただいている）。

次にカニしんじょうと、ゆず、しいたけ、春菊の入ったすまし汁。カニしんじょうは噛むと海老のしんじょうよりもやわくほぐれて、ふわっと甘さが広がるようだった。

つづく鯛の昆布締めは、どれもよくこぶの味がするのだけれど、その中でも口当たりのさっぱりしている一片があり、逆にねっとり濃厚な一片もあって、寿々はまたその細やかな技に感心した。

酢の物はたっぷりの小海老が、きゅうり、のり、大根おろしと和えてある。酢はきつくなく、上品な味だった。

「天ぷらご用意しますね」

天つゆと大根おろし、そして塩の皿がお盆に置かれ、やがて赤いお重に盛りつけられた天ぷらが届いた。

分厚くて、はかまみたいにわかれている「めごち」。噛むと白身の淡さが際立つ「きす」。「あなご」は大きすぎず、ほどよいサイズでよく脂がのっている。「えび」は小ぶりで甘い細巻海老が二本だった。

「どの天ぷらも、しっかり衣の味がするのがいいねえ」

おばあちゃんが感心したように言う。お重にふたをして運ばれて来たぶん、しっとりしたのかもしれない。

さくっとしたあと、ふわっと衣を感じ、最後に魚の味のおいしさが残る。天つゆの甘さも、その衣の感触とよく合っていた。

そしていよいよ名物の雷神揚げが一つ、大皿にのせられて届いた。

芝海老と小柱の、驚くほど巨大なかき揚げだった。中までしっかり火を通すのも大変だろう。写真を見て想像していたよりもさらに大きく、直径二十センチ、高さ十センチほどあるようにも見える。

カリフラワーか、子供のあたまみたいだった。

むかしは江戸前で青柳（バカ貝）がよくとれたので、まかないに作られたのだという。箸をつけ、かけらをさっと天つゆに浸して口に運ぶと、こちらは衣がからっとしている。

ただ、とにかくボリューミー。

崩しても崩しても、分け入っても分け入っても、海老と小柱、衣がある。

「ほら、お父さん、ひとつでよかったでしょう」

長く連れ添ったイメルダ夫人の声に、池部良が無言でうなずく。なにしろコースのしめに加えた一品で、それぞれにご飯、お味噌汁、お新香と一緒にいただくので、テーブルの真ん中に置いた四人がかりなのに、雷神揚げがいつまでも減らない。なかなか完食に至らない。

「うーん。寛太呼べばよかったねえ」

「寛太呼べばよかった」

おばあちゃんと寿々で、しみじみ言う。

「カンタ君って、誰？」

父親が不思議そうな顔をして、

「さかいやの寛太君？」

と、さすがにむかしを知る母親は言った。

コースはそのあと、粉雪が降ったようなきれいな砂糖がけのいちごと、熱いほうじ茶で終わる。

池を囲むかたちで個室があり、それぞれに池沿いを通って、お手洗いを利用するようになっている。

その手洗いのついでに鯉を観察して、からんからん、からんからんと下駄を鳴らして戻ったおばあちゃんが、

「ね、本当によく肥えた鯉たちだわ。あの池の。きっと、いつも美味しいもの食べてるんだねえ」

と楽しそうに言う。

石の町、茨城県桜川市真壁町出身の真面目な父親は、

「ここは野菜の天ぷらはないんですか」

粋な和服の仲居さんに訊ね、

「江戸前なので魚介だけです」

ずいぶんときっぱりした答えをもらっていた。

寿々が出演する朝の情報番組は、年末は二十六日が最後。新年は五日の放送が最初だった。いいのか悪いのか、その間に他の仕事はひとつも入っていなかったから、寿々は年末年始、九日つづけて休める計算だった。

ただ、その長いお休みも明日で終わり。

明後日からは、また朝早い仕事がはじまるのだった。

「ねえ、寿々、あんたこのあと梅園行くの？　粟ぜんざい食べたかったんでしょ」

「無理。おばあちゃん、無理。今日は雷神揚げでおしまい」

寿々の弱音を聞いて、このお正月はずいぶん娘に譲っているらしい両親が、ふふ、ふふふふ、と笑っていた。

第五話　藪から蕎麦

1

浅草寺のおみくじは寿々が三十番台で吉、おばあちゃんが七十七番で凶だった。

しゃかしゃか、しゃかしゃかと振った六角の黒塗りの筒から、長い竹の棒を一本引き、そこに記された数字と同じ番号の紙を、自分で棚から引き出すスタイルのおみくじだった。

大晦日（おおみそか）から元日にかけては夜通し開いていたらしい浅草寺も、三日の夜では、もう本堂の戸が閉じられている。

ただし、境内はライトアップされていたし、お正月だからなのか、戸の前にもお参りの場が設けられていたから、本堂から階段の下まで結構長く列がつづいていた。

寿々たち、というのは天麩羅（てんぷら）屋さん「中清」で夕食を終えて来た四人だけれど、四人はまずその列に並び、ようやくお賽銭（さいせん）を投げて戻ったところだった。

境内の通りを挟んで、両側にずらりとおみくじを引ける場所があって、そこここに人が溜（た）まっている。

「あら。七十七って、ラッキーナンバーかと思ったのに。残念だわ」

凶を引いても、あくまでも楽しげなおばあちゃんに、

「おかあさん。七がラッキーなのは、西洋の話ですよ」

おみくじを引かなかった寿々の父親が、妙に真面目くさった指摘をした。自分たち夫婦はもう地元で初詣を済ませたから、ここでは簡単に、お参りだけすればよかったらしい。

「西洋、って」

とその妻、つまり寿々の母親が、夫の大仰な物言いを小さく笑った。老舗の天麩羅をたらふく食べ、もともと肌つやのいい顔を、さらにてらてらと光らせている。

もう初詣を済ませていたのは、寿々とおばあちゃんも同じだった。でも、おみくじは引いていなかった。

「あら、大変だ。私、結婚できないってさ」

老眼を苦にしながらも、ライトアップの力を借りて、凶のおみくじをおばあちゃんがしっかり読む。縁談、願望、待ち人、失せ物……すべてにおいて、叶わぬ、来ぬ、出ぬ、等、ネガティブな答えが記されているらしい。

もっともそれを言えば、寿々の引いたおみくじのほうも、読めばなにかにつけ、今はまだ早い、待て、と書いてあるばかりで、吉、と知って安堵したほどには、決してめでたくはないように思えたけれども。

とはいえ本当に待てばよいことがあるのなら、やっぱりそれは吉兆だろう。

ＢＳのお江戸番組の仕事も……待っていれば決まるのだろうか。

「さ。悪いのは、ここに結んで帰ろうかね」

じつは結構出ることが多いという浅草寺の凶のおみくじを、おばあちゃんが手近な朱塗りの柵にきっちり結び、深くお辞儀をし、みんなで境内を出た。

仲見世を抜け、界隈のまだ開いているお土産屋さん、和菓子屋さんなんかを覗く。先に買っておいたセキネのシューマイに加え、雷おこしや芋羊羹、どら焼きや最中をお土産に買って、寿々たちのぶんも一緒にあれこれ買ってくれた寿々の両親は、当初の予定どおり、このまま浅草から帰ると言った。

「そうかい？　明日日曜だよ。やっぱり、ひと晩くらい泊まって行きなよ。用があるなら、明日早く帰ればいいじゃないか」

「ううん。三が日ずっとお年始参りだったから、一日くらい、お父さんをゆっくりさせてあげたいのよ」

おばあちゃんのお願いめいた誘いを、母親が残念そうに断っている。

父親は、おばあちゃんに日々のお礼とあらためて健康への気づかいを述べ、それから寿々のほうを向くと、

「じゃあ、寿々も体に気をつけてな。仕事、頑張って。みなさんに好かれるように。あと、うちにもたまに帰りなさい。毎週、とは言わないけど、月に一回くらいは。べつに遠くないんだから」

朝のテレビに出ている娘に言い置いて、妻と帰って行く。

その背に明るく手を振って見送ると、寿々はおばあちゃんとふたり、なじみの路線の乗り口を目指した。

いつもならもう寝ている時刻で、ふわーっとあくびが出る。

都下から両親がわざわざ訪ねて来た寿々のお正月の一日は、そんなふうにして終わった。

2

神田明神に行こう、と寿々を誘ったのは、さかいやの寛太だった。

お正月の休みも終わって、仕事に戻れば日々は早い。

毎朝のお天気コーナー出演と、こちらはまだ自主活動に近い、ブログの「江戸まちめぐり」日記の更新に力を注いでいると、あっという間に一月も半ばを過ぎていた。

「神田明神？　また宝くじの神様？」

「ちげえよ」

寿々の質問に寛太は首を振り、心底呆(あき)れた顔をした。ちげえよ、とたぶんわざと安っぽい口調で、もう一度言う。「寿々、それじゃあまだ江戸の番組には出られないぞ」

ＢＳのお江戸番組の仕事については、あれ以来、一向に具体的な話がない。無理かな、もう、と寿々もあきらめかけているところだった。

「ひどい」

「なにが」

「……気にしてること言った」

「だって神田明神、知らないってさ」

寿々の悲しげな反応に驚いたのか、体格の割に気持ちのやさしいところのある寛太はひるんだ顔をした。

「じゃあなに。教えて。神田明神って、なんの御利益があるの。私、よそもんだから」

「御利益はほら……まあ、いろいろあるけど」

「いろいろって？」

「よく聞くのは商売繁盛だな」

と寛太。

少し照れた表情になったのは、仕事帰りの寿々を店内に招き入れ、暖かな電気ストーブにあたれる席を勧めてくれてから、来客はひとりもなく、注文の電話一つ鳴らないからだろう。

もちろん年末ジャンボ宝くじは、いつも通り、末等しか当たらなかったらしい。

「そっか。商売繁盛か」

寿々は、いつもこんなのばっかでごめんな、と寛太がくれた、賞味期限ぎりぎりの缶のミルクコーヒーを飲み、あらためて古びた酒屋の店内を見回した。

ふたりが話し終えると、途端にしんとする。テレビもラジオもない。ひとりでいる時間、寛太はスマホでもいじっているのだろうか。

「ねえ、ここで店番してなくても、奥にいれば大丈夫じゃない？」

「そうなんだよ。なあ、寿々。なんかいい儲け話ないかね」

「えー、ないよ」

「また、寿々のブログで店紹介してもらうかなあ」

甘えたことを言う幼なじみに、寿々は首を振った。

「寛太。暇だったら、たまによそでバイトしたら」

「うーん、それも考えるんだけど、源兄ひとりだと無理なこともあってさ」

寛太は真面目な顔で言い、

「じゃあ、やっぱり神田明神だな」

と、ひとりごちた。

「初詣、行かなかったの？」

「いや、うちはあっちの神社だから」

「そっか、同じだ」

「ついでに蕎麦でも食ってこようぜ、神田の蕎麦」

と寛太が言う。

「お蕎麦か。いいね」

寿々も途端に乗り気になった。

「だろ。したら、ブログにも書けっだろ。いいぜ。蕎麦くらいなら」

寛太が、得意げに胸を張る。「俺も付き合うぜ。自分のぶんは、ちゃんと払うから」

「それって、割り勘、ってこと？」

「おお。それとも寿々……おごりか？」

「やだよお、じゃあ割り勘ね」

と約束してコーヒーのお礼を言い、さかいやを出る。

とはいえ月末にはまた気象予報士の試験があったから、行くのは二月に入ってからになりそうだった。

3

お江戸のことを勉強している、と教えたからだろう。

なにかの参考になれば、と父親が文庫を何冊か送ってくれた。

ずいぶん古そうな本ばかりで、新刊ではないのかなと思いながら、ぱらりぱらりとめくる。

江戸時代も後半、そろそろ幕末にも近くなった頃、お江戸の町には独身の男性が多くいて、外食の屋台がよく利用されるようになったというようなことがやっぱり書いてあった。

うなぎ。天ぷら。寿司。蕎麦。……などなど。

それらが「東京名物」の料理や名店として、今も広く愛されていることは、ここしばらくの食べ歩きのおかげで、寿々もだいぶ知るようになってはいたけれど、なんで独身男性が多いのかまでは、じつはあまり考えていなかった。

多かった、と人から聞かされれば、へえ、多かったんだ、とまず素直に思うタイプだったし。本によればどうやら町が栄え、仕事が多くなるうちに、出稼ぎの単身者の比率なんかも大きくなったらしい。

へえ、そうなんだ、なるほどね、と感心し、翌日、ヘアメイクのカメちゃんにさっそくその話をした。

朝の番組の放送前、いつも通り、余裕を持って局入りしてからだった。

「独身の男が多いの？　お江戸って。やだ。素敵」

坊主頭で四角い顔をしたカメちゃんは、仕事の手は止めずに、サービスのようにおどけて口にした。熊野筆の大きなブラシで、ささ、さささ、と寿々の顔をなで、鏡ごしに真っ直ぐ見た。

うん、とうなずくと、つづけて髪をブローしてくれる。

「あ、だからカゲマ茶屋とかあったのかしら。江戸」

ぶおーっとドライヤーの風を当ててからカメちゃん。

「カゲマ茶屋？」

「カ・ゲ・マ。ほら、美少年がいるお茶屋さん」

「誰が使うの」

「それはもう、お侍さんから、大きなお店の若旦那まで？」

「男の人なんだ」

「もちろん」

唇をOの字にして、カメちゃんは嬉しそうに言った。

当然ながら、まだまだ江戸には、寿々のまったく知らない情報がたくさんありそうだった。

手早いブロッキングと魅惑のロールブラシづかいで、カメちゃんはまたぶおーっとドライヤーをかけた。

仕上げに冷風をかけ、はい、と終わりかけてから、メイクで気になるところを見つけたのか、小さなパフで額をひと押さえして、それから寿々と目を合わせて微笑んだ。

「ね。私、わかっちゃった」

「なにが」

「ほら。あれじゃない？　若い女の人が、みんな将軍様にとられちゃうのもあるんじゃないかな。江戸時代、めぼしい子は、みーんな捕まって、大奥にいるのよ。あとは……吉原？」

「えー、そんな時代じゃなかったと思う」

さすがに寿々は、小さく首を横に振った。


二月、神田にお参りに行くよりも先に、所属事務所〈オフィスいつき〉から連絡があり、正式に寿々のBS新番組への出演が決まったと知らされた。

やった、やった、やった。

これは待った甲斐があった。

寿々は素直に喜び、ジャンプし、ガッツポーズを取り、ますます仕事を頑張ろうと心に誓った。

手応え的に今回もまた、気象予報士の試験のほうはきびしそうだったけれど、もしだめでも、そちらの挑戦も懲りずにつづけようとあらためて思った。

恋人とは別れて一年ちょっとになる。

だいぶ運気が上向いてきたのだろう。

「そうだ。あと、真壁のひなまつりの仕事も入ってますよ。月末に。これは社長が、ぜひすずちゃんにって」

と副社長の伊吹さんが電話で言う。

「真壁ですか」

茨城県桜川市真壁町。寿々の父親と、いつき社長の出身地だった。

電車も廃線になった一帯なのに、町をあげてのひなまつりが近頃は有名で、その時期ばかりは観光客で賑（にぎ）わうのだった。

学生のときを最後に寿々は訪れていなかったけれど、親戚もいるし、仕事で行くのもちょっと楽しそうだった。


二月三日はおばあちゃんが、節分の準備をしていた。

江戸っ子だってねえ。

神田の生まれよ。

寿司食いねえ。

寿司食いねえ。

そんなことを繰り返し口にしながら、恵方巻きづくりをしている。

節回しからして、なにか有名な台詞らしいけれど、本人は神田の生まれではないはずだったから、ただの景気づけか、それとも寿々が寛太と神田明神に出かけると知ってのからかいなのだろうか。

どうも後者のような気がして、

「やめてよ、おばあちゃん。そんな中学生みたいなこと」

半分呆れながら抗議をすると、おばあちゃんは小さく舌を出す。

やっぱり、と脱力してから、寿々も一緒に台所に立った。

料理好きなおばあちゃんは、二種類の恵方巻きを用意するようだった。

ひとつはオーソドックスな太巻きで、具材は干し椎茸の含め煮、炊いた高野豆腐、甘い玉子焼き。それに買って来たというでんぶとかんぴょう。

もう一種はシーチキン巻きで、マヨネーズ和えのシーチキンに、カニかまと大葉、カイワレ、玉子焼き、しいたけ、かんぴょうを巻いた。

たっぷりのご飯は昆布を入れて炊き、寿司酢を混ぜてある。

「たくさんできたから、寛太んちにも持ってこうかね。あそこ、男所帯だからね」

分量から言って、はじめからそのつもりだったのだろう。もちろんお裾分けをするのには、寿々も異論はない。

恵方巻き、と言いながらおばあちゃんは、一本ずつを残して太巻きを食べやすい大きさにとんとんと切っている。

寿々もそのサイズをもらって口にひとつ入れると、おいしい、と笑った。

すぐにもうひとつの味も食べたくなった。


「じゃあ、寿々、これ」

いよいよ夕食後、寿々はおばあちゃんから赤い鬼のお面を手渡された。

「えー、なんで、また私が鬼なの？」

寿々は抗議した。「去年もそうじゃなかった？」

「寿々」

おばあちゃんは首を横に振る。「家長は鬼になっちゃいけないの。それが決まり。知らないの？」

「知らなーい」

と文句を言っても、おばあちゃんはにこやかに首を振るばかり。

「どうしても嫌なら、そうだねえ。寛太でも呼ぶかい？　大きな鬼になるよ」

「それは、いい」

「じゃあ、寿々だね」

そういうしきたりなら、きっと役目は変わらないのだろう。

「豆はどうして煎ってあるか、あんた知ってるかい」

投げる役のおばあちゃんが言う。

「知らない」

「悪い芽が出ないように、っていう意味があるからね、これは」

「へえ」

「ちゃんと覚えておきなさいよ」

「はーい」

と答え、もう仕方なく鬼になると決めて寿々はうなずいた。

ただ、耳に輪ゴムをかけるようになっている赤い鬼のお面をよく見ると、ずいぶん漫画っぽい、ふざけた顔をしている。

髪は青。目はまん丸。歯はぎざぎざ。ベロはハート形。

確か去年もスーパーでもらって来た、『天才バカボン』でおなじみ、赤塚不二夫の描いたギャグ漫画調の鬼だった。

「またこれ……」

「だって寿々、あんたその鬼のお面が本当に似合うんだもの」

豆の入った枡(ます)を手に、おばあちゃんが笑っている。

4

寛太と神田明神に出かけたのは寒い日だった。

金曜の午後から行こうと誘われたので、一度家に帰って、少し休んでから支度をした。しばらく待っても、なかなか電話もメールもＬＩＮＥのメッセージもない。どうしたのだろうかと思っていると、三時過ぎに、いきなり家まで迎えに来た。

「行こう、寿々」

「平気なの。いいよ？　べつにやめても。仕事あるんじゃないの」

ニット帽を深くかぶり、なぜか首をすくめて、さかいやの前をこっそり足早に行こうとする寛太に訊（き）くと、

「ない。ないからお参りする」

本当かどうかわからないけれど言った。

あとで源兄と喧嘩（けんか）になるのかもしれない。

神田明神までは電車の乗り換えが一度、でも徒歩を入れても三〇分で参道に着くような距離だった。

「案外近いね」

「おう、近いさ」

なんの手柄でもないのに、得意げに胸を張って言う寛太が、とりあえずはアホらしくも頼も

しく見えた。

きれいな青銅色の鳥居をくぐって、両脇に店舗の並ぶ坂を行くと、鳥居と同じく緑がかった瓦屋根の載る、立派な赤い門が待つ。

守り神の像が左右に立つそれを随神門と呼ぶらしい。

神田明神、と記されたご神灯二つにも飾られたその分厚い門を抜けると、すぐに白い柵で囲われたスペースがあり、

「お、馬だ」

「ポニーだ。あかりちゃんだって」

中に葦毛（あしげ）（と書いてあるけれどまだ黒い毛）のポニーがいた。

そのポニーに気を取られながら、でもやはりまずは真っ直ぐの拝殿へ進み、ずいぶん大勢で記念撮影をしている制服警察官の一群が去るのを待って、寛太とふたり、お参りをした。

警察官たちが去れば、周囲に人はさほど多くない。

広い敷地の石畳に、どこか竜宮城めいた、赤い木造建築の拝殿ががらんと目立っている。

それから今日は本気らしい寛太が商売繁盛のお札をもらい、時代劇好きなおばあちゃんのオススメ、その近くに住む設定だという岡っ引きの親分、銭を投げては悪人を捕まえる「銭形平次」の石碑を見た（台座が寛永通宝を模して造られている）。

あとは秋葉原にもほど近いからだろうか、山のように奉納されたアニメ絵の絵馬にすっかり感心してから、お土産を売る休憩所に立ち寄った。

暖まりがてら、壁にかかった神田明神ゆかりの浮世絵の額や、開運の小さなグッズ、祀られている将門公のおせんべいなんかを眺め、やがて外に出ると、今度は少し長めに、黒毛に紺色のコート状の布をまとった、ずんぐりしたポニーを観察する。


「寒そうだね」

「寒そうだ、可哀想に」

と話すうちに、すぐ寿々も寛太も体が冷えて来て、

「寒いね」

「寒いな」

と言い合ったけれど、もちろんすっと身を寄せ合う間柄ではない。

「行こうか」

「行こう」

とふたりうなずくと、境内をあとにした。蕎麦屋に行く前に、近くでなにかあたたかいものでも飲もうよ、と合意した。


「寛太、ここ入ろうよ、ねえ、寛太」

寿々は相手の腕に触れて言った。「寛太、入ろうよ、寛太」

「寿々、それ、たぬき」

大きな信楽焼きとじゃれる寿々を置いて、寛太は中に進む。

鳥居の脇にある古い茶屋だった。

選んだテーブルが小さめで、体格のいい寛太には、どこか収まりが悪かった。身を持て余しているように見える。

こちらもまた江戸時代からつづくというお店で、看板にもなっている、ずいぶんとやさしい味の甘酒を飲んだ。

米と糀(こうじ)だけで作られた、薄味の、ほわっと温かな甘酒だった。

山小屋めいた斜めの天井から、金魚鉢のようなガラスシェードの電灯が下がり、よく使い込まれた木のテーブルを、小さな絣(かすり)座布団の載った四角い椅子が囲んでいる。

柱のそこここに千社札が貼られていて、額に飾られた古い双六(すごろく)やマッチのラベルのコレクション、ガラス棚には和洋さまざまな趣の食器や人形、家や車、電車の模型なんかが並んでいる。

レトロ具合もずいぶん渾然(こんぜん)としていて、それがたぶん、自然な歴史の積み重ねなのだろう。

明治や大正、昭和のものも結構見受けられる。

「知らないだけで、いっぱいあるんだね、江戸時代からのお店」

寿々はぽつり素直に言う。

寛太は分厚い茶碗(ちゃわん)に入った甘酒を、ずる、ずると飲みながら、失敗、奮闘、大臣、重役、大儲、堕落……そんなマスの描かれた古い双六を楽しそうに見ていた。

5

「かんだやぶそば」の創業は明治。

　建物は二〇一三年の火災を経て新しくなったばかりだったけれど、幕末からつづいた団子坂（だんござか）の蕎麦店の支店を譲り受けるかたちではじまり、その本店がなくなったあとは、味も看板も、そこが正しく江戸の藪蕎麦を引き継いでいるということだった。

「団子坂のお蕎麦屋さんが、竹藪の多いところにあって、それで藪蕎麦って呼ばれてたんだって。寛太、知ってた？」

　夕暮れの道を歩きながら、寿々がスマホ仕込みのにわか知識を披露して訊くと、

「いや、俺は歴史よりも味を大切にする派だから」

　寛太は自信満々といったふうに答えた。

　でも、果たしてそれはどれほどのこだわりなのか。

「おっ、もうかえしのいい香りがして来たぞ」

　そろそろお店に近づこうという頃、寛太は醤油（しょうゆ）だしの濃い香りが付近に漂うのをいち早く感じたように口にしたけれど、すぐにそれが目指す「やぶそば」よりも手前の店、べつの立ち食い蕎麦屋さんからの香りだとわかって舌を出した。

「違った」

　と寛太は笑った。「でもうまそ」

確かにそのかえし、と寛太が呼んだそばつゆもいい香りだったから、そこの立ち食い蕎麦屋さんもきっと美味しいお店なのだろう。

もちろん江戸のお蕎麦も、もともとは屋台で庶民に食べられたのだった。

その伝統を今、味わえるのが寿々は嬉しかった。


生け垣の藪に囲まれた、広くて趣きのあるお店だった。

立派な看板と創業者の像を横目に入口へと進む。

五時過ぎの到着でほんの少し待ち、やがて相席もなくうまくテーブル席に案内してもらった。

「よーし、今日は食べっぞ」

コートを脱ぎ、ニットキャップを取って満面の笑みを浮かべた寛太が、お品書きを見て、文字通り舌なめずりをして言った。

低い仕切り壁と二本の太い柱、その間の細い化粧柱でホールとは分けられている一角には、つや消しの黒いテーブルが四つあり、向こうは庭に面している。

「寿々、ビール飲むだろ」

「うん、じゃあちょっとだけ」

寒いけど、と思いながら、ひとまず向かい合って座る寿々はうなずいた。

「つまみ取ろうぜ」

焼き海苔(のり)、かまぼこ、わさびいも、と酒菜の上から三つを寛太がぽんぽんと頼み、

「大丈夫？」

寿々は訊いた。

ずいぶん豪快だけれど。寛太、値段を見ているのだろうか。

かまぼことわさびいもは、どちらも税別六七〇円。かけそばと同じ値段だった。

寿々が小声で告げると、

「まじ？」

寛太は驚いた顔をして、お品書きを確かめた。おつまみメニューを見て、裏のおそばメニューも見る。「へえ。かけそばがふたつ食べられるのか。かまぼことわさびいもの二品で」

「そう」

「謎の力関係だな」

「釣り合わない？」

「ま、いいさ」

と寛太。すぐにビールとお通しの練り味噌が届き、酒店の息子は手際よくグラスふたつに注ぐと、

「寿々、おめでとう」

と乾杯をうながした。

「ありがとう」

グラスをかちんと合わせて、寿々は答えた。ビールを一口飲み、練り味噌をちょんと食べる

と、おいしい。唐辛子が入っている。「でも、なにが」

「仕事。決まったんだろ。お江戸の」

テレビ、と言わないのは一応、周囲への気づかいだろうか。寿々、寿々、とは呼んでいるけれども。

「うん、決まった。ありがとう」

「だからいいぜ、今日は。支払いはそんなに気にしなくて」

「えー、いいの？　割り勘じゃないの？　そんなにってどんなに？　すっごい高いお蕎麦頼んでいい？」

「あー、じゃあ蕎麦のぶんだけ、自分で払ってもらっていい？　そういう割り勘で。どう？」

「いいよ、じゃあ」

寿々は笑顔で言った。


焼き海苔は背の高い、立派な木箱に入って出て来た。下の段には炭の火種が隠されていて、そのおかげで上のきれいな海苔をぱりんと噛むことができる。

白い平皿に二きれのったかまぼこは、よく見ると一きれが三つに分かれていた。それでもやっぱり大きさとしては、二きれで六七〇円（税別）。

「お正月の値段みたいだね」

寿々がこっそり言うと、寛太はうなずき、一きれの三分の一をゆっくり、ゆっくり口に運んでいる。寿々もわさび醬油につけていただくと、さすがにぷりぷりと弾力があって美味しかった。

予想を超えて、大きく驚いたのはわさびいもだった。

すったヤマトイモが、小ぶりなお茶碗にぽんと入っているのだけれど、酢と醬油、刻みのりとわさびをかけていただくと、ほとんどお餅のような食感だった。ヤマトイモとはいえ、ここまでもっちりしたものとは想像しなかった。

それを味わう寿々の、目の輝きが違ったのだろうか。

「うまい？　それ、うまい？」

先に箸をつけさせてくれた寛太が、嬉しそうに言った。

「うまい」

寿々がお碗を渡すと、さっそく食べ、おー、もちもち、と騒ぐ。

「よし、次、頼もうぜ」

自分もわさびいもの味を堪能した寛太は、勢いがついたのか、周りのテーブルに運ばれる料理を見ては、あれってこれかな、これ？　うまそうじゃん、頼もうぜ、とお品書きと照らしている。

「寛太、そんなに食べられるの」

「あたりまえだろー、誰に言ってんだ」

と、体格からすれば、確かにまだなにも食べていないようなものかもしれない寛太は言う。

ただし、しめにきちんと蕎麦を食べることを考えれば、やっぱりそんな無茶をしないほうがいいだろう。寿々がやんわり諭すと、じゃあ、と寛太はあいやきをひとつ注文した。

「日本酒頼もうぜ」

ビールを一本空けた寛太は言い、

「うん。私はもういいけど」

寿々はそろそろ自分のお蕎麦を食べるペースを考えて答えた。

結果、寛太が日本酒の熱燗（あつかん）を頼み、寿々はお茶をもらうことにした。お銚子のあとに、おつまみのあいやきが届く。

合鴨（あいがも）と根深（長ネギ）を、鴨の脂で炒（いた）めた品だった。

小皿の塩をつけていただく。肉と脂の甘みがネギによくしみている。

「そろそろお蕎麦食べようよ。私、早くここのお蕎麦とつゆの味を知りたい」

スローライフもそうなのだけれど、どうやら第一には、お江戸の味が好きな気がしはじめた寿々が真っ直ぐに言うと、

「おう、そうだな」

と寛太は言った。

寿々はもうとっくに頼むお蕎麦を決めていたけれど、寛太はまだなにか気になるメニューがあるのか、またお品書きと、周りのテーブルを見ている。

と、隣のテーブルにいた三十代くらいのサラリーマンふたりが、何度か寿々のほうをちらちら見た。

その視線に気づいた寛太が、なあ、寿々、気づかれてねえか、と小声で言う。

そう？　と返していると、やがてひとりが、

「あの。お天気お姉さんですよね。朝、いつも見てますよ」

と言った。

「ありがとうございます」

寿々はにこやかに挨拶をした。多少予想外でも、それくらいのことには対応できる。と、寛太もほとんど一瞬の間も置かず、

「ありがとうございます、これからもよろしくお願いします」

明らかに寿々よりも愛想よく言った。咄嗟（とっさ）にマネージャー役を演じることに決めたのだろうか。

「あの……ところで、それ、なんていうメニューですか」

ついでにそのテーブルの人が注文した品まで、ちゃっかり教わることにしたみたいだった。

寛太が示した丼は、たっぷりのつゆにかき揚げが浮かび、天かすや三つ葉、柚子（ゆず）なんかが散らしてある。それが天抜き、というメニューで、寛太はそれとせいろうを一枚注文すると言った。

寿々は来る前から決めていた通りに、おかめそばを頼んだ。

やがて届いたおかめには、かまぼこ、松茸（まつたけ）、蝶結びの湯葉、香り立つ三つ葉と柚子がのっていた。食べると素晴らしい。甘めのつゆと細い蕎麦のからみ方が絶妙で、寿々には本当にちょうどいい具合だった。

「おいしい」

天抜きとせいろうを食べ始めた寛太も、緑がかった細い蕎麦を、ほんのちょっとしかない濃い蕎麦つゆにつけ、ずばっと吸う。うまい、と笑顔になった。小海老（こえび）のかき揚げが浮かぶ天抜きのつゆにも口をつけ、あ、全然違う、こっちは薄めで甘い、おいしい、と言い、その笑顔を寿々に向けて、まだ自分も一口味わっただけなのに、早く寿々も食べてみるようにと勧める。

「寛太、変わらないね」

少し可笑（おか）しくなって、寿々は言った。小四でおばあちゃんの家に越して来たとき、はじめての転校で緊張して学校に行くと、いかにも悪ガキそうな少年がにこにこっと笑い、うち、すぐ近所だよ、さかいや酒店、と近寄って来たのだった。

そのときの気安さのまま、寛太はずっとそこにいる気がした。

第六話　ひなまつり

1

『すず！　熱愛がバレてるyo！　あぶないyo！　気をつけて！』

　同じ事務所の友人、モデルでブロガーの田島奈央から、なんだか楽しそうなLINEのメッセージをもらったのは、寿々が寛太と二人、神田の「やぶそば」に行った夜のことだった。

　BS新番組の出演決定のお祝いにと、二人にしてはわりと品数を頼んだとはいえ、着席してからは、だいたい一時間と少しいたくらい。最後に寛太が威勢よく、せいろうのお蕎麦を手繰ると、よし、帰るか、ときれいにお店をあとにしたのだった。

　一緒に電車で地元に戻り、いいよいいよ、もうここで平気だから、と何度も断りつつも、一応きちんとおばあちゃんちの玄関まで送ってもらい、

「あら、お帰り、寛太も一緒かい、あがってあがって、ほら、もうお風呂沸いてっから。入りなよ、ふたりで」

　というおばあちゃんの出迎えを、

「えーばあちゃん、いきなりエロジョーク？　やめてよ、俺そういうの、本当にどんな顔していいかわかんないから。すっげえ恥ずかしくなるタイプ」

「そうかい？　悪かったね。それより寛太、おなかすいてない？　あがってビールでもお飲みよ、それとも熱燗（あつかん）かい？　ノシたこも焼くよ」

「熱燗とノシたこかあ、いいなあ」

「だろ、あがってあがって」

「でも、今は腹いっぱいだし……ばあちゃん、それはまた」

　ぎりぎり常識的な対応をした寛太が帰るまで、特別変わったことも起こらなかったから、一体誰との熱愛が、どこでどうバレたのか。ノリよく噂（うわさ）好きなところもある友人からのメッセージを読んでも、寿々には一向にピンとくるものがなかった。まさか、番組のメインキャスター、自称さわやかアナウンサー、久高つとむとの仲を疑われたのだろうか。もちろんまったくなにもないけれども。

『熱愛って？？　なに？？　どういうこと？？？　誰と？？？　なにもないよ？？？』

　当然、疑問のスタンプをたくさんつけて質問を返すと、

『ここ見』

て、は省略したのか、とにかく奈央が、さらりとＵＲＬを送って寄越した。

　おそるおそるそこをタップし、いざとなったらすぐにぎゅっと瞑（つぶ）れるよう、思い切り目を細くして見る。

と、心配した恐怖心霊写真なんかではなく、サイズの大きめな文字だけが並んでいる。読むと、他でもない。ついさっきの話だった。朝のお天気お姉さんが今、神田の老舗、「やぶそば」で食事中、とネットで思い切り報告されていたのだった。

一緒にいるのはマネージャーのふりをしたマッチョな彼氏、とか。

ふたりがいちゃいちゃしすぎた熱で、お皿の合鴨肉がじゅーじゅー焼けてもう焦げた、とか。

蕎麦店での寿々の様子が、わずか百文字ほどでいきいきと描かれている。

といっても、決して寛太といちゃいちゃしてはいなかったはずだけれど。合鴨肉も焦げていなかったし。

マネージャーのふりをした、というのは、店内で寿々に気づいて声をかけてきたサラリーマン風の男性に、ありがとうございます、これからもよろしくお願いします、と寛太が妙に愛よく挨拶したことを指すのだろうけれど、ネットに情報をアップしたのがそのときテーブルにいたふたり（のどちらか）なのか、それともべつのテーブルからも、寿々たちを見ていた人がいたのかは知らない。ともあれ寛太はそのあとも寿々に対してずっと友だち口調だったし、もともと席に着くまでは深々とニットキャップもかぶっていたから、きっとモデルやナレーターが所属する事務所のマネージャーには見えなかったのだろう。

「で、誰なの？　そのニセマネージャーって」

知りたいことを聞き出すまでは、決してあきらめないタイプ。奈央が、いよいよＬＩＮＥの通話を直接かけて来た。

「友だち。地元の。酒屋さん。前にもラムネのことでブログに載っけた」

寿々は正直に答え、春からのＢＳの新番組が決まって、ちょっとお祝いをしてもらっていたと明かすと、

「え、決まったの？　お江戸の番組？　やった。おめでとう」

枕、枕、プロデューサーに枕営業を要求されるよ、と前にさんざん煽(あお)ったわりには（それともあれは警告のメッセージだったのだろうか）、ずいぶん素直な声で奈央は祝福してくれた。

「よかったじゃーん、すず」

「ありがとう」

「すごい、よかったね」

繰り返しも決して嫌味ではなさそうな奈央の声に、寿々は嬉(うれ)しくなった。

2

「でもねえ、せっかく新番組も決まったところですからねえ。まあ大人なんで、基本的には恋愛も結婚も、どうぞご自由に、なんですけど」

垂れ目に小さな鼻、たぬき顔の伊吹副社長は、自分のお腹(なか)をさすりながら、ガミガミではなく、くどくどと言う。

わざわざ呼び出すような「事件」ではなかったけれど、事務所で姿を見かければ、ひとこと意見したくもなるようなお話ではあるのだろう。

副社長に手招きされた時点で、寿々もそう覚悟していた。

幸い、寛太とのツーショット写真がどこかにアップされたりはしていなかったようだし、リアルタイムで情報に気づいたファンがお店にたくさん押しかけ、外の藪を囲み、寿々を出せ、早く寿々を出せ、と大騒ぎするほど人気者でもないからよかったのだけれど。とはいえ、出演する朝の番組宛には何件かの問い合わせ（本当ですか、など）があったそうだし、もちろん寿々本人のブログには、「江戸まちめぐり」日記とは無縁の、公開のできないコメントが急増（承認制のため）、担当者には余計な苦労をかけた様子だった。

「……でも、本当になんでもないですけど。地元の幼なじみで」

事務所にかけた迷惑はきちんとわびるつもりだったから、あえてそんな反論はしなくてもよかったのだけれど、やはり納得がいかないところもある。

寿々がつい口にすると、

「うーん、なんでもないなら、なおさら気をつけたらいいんじゃないですか、って話でね」

それが副社長の見解だった。「付き合ってるのを隠すんなら、こっちも大変なりに手伝う用意や覚悟はあるんですよ。所属するタレントを守るのは、私たちの大切な仕事のひとつだから。でもなんでもないなら、とりあえずは自分で気をつけてもらうのが一番早いじゃないですか。李下に冠を正さず、瓜田に履を納れず、つまり、紛らわしいことはやめましょう、っていうことですかね」

伊吹副社長はそこまで言うと、今度は急にやさしい表情を寿々に向けた。「もっとも、すずちゃんだから、こちらもそこまで期待するわけで、本当は申し訳ないんですけどね。モデルでもナレーターでも、他にもっと素行の悪い子がいっぱいいますからねえ。あの子のほうがよっぽど遊んでるのに、どうして私だけ、って思ったら、そのときは、この伊吹の顔を思い出して」

思い出して、どうするのか。

つづきを待っても答えはなく、すっかり人のよさそうな顔で、副社長は笑っている。

「わかりました。すみませんでした。これから気をつけます」

寿々は小さく頭を下げ、くるくる回る事務椅子から腰を上げた。

でもどうやって気をつけるのだろう。

寛太といいただけなのに。

「新番組が決まったばっかりだもんなあ、間が悪いよな」

さかいやの裏手、倉庫の前でビールの空き瓶を片づけている寛太に会って、立ち話をした。

日々の通り道なので、自宅近くで偶然会ってしまうのを避けるのは難しい。もちろん気づかなかったふりをしたり、無理によそよそしくしたりするのも嫌。

これでも副社長には怒られるのだろうか。

「ね、間が悪い」

寿々も同意すると、

「ごめん、俺が誘ったからだな」

寛太は急にきっぱり言った。「これから気をつける」

「いいよ、べつに気をつけなくて。友だちなんだから。また割り勘で誘ってよ」

寿々の言葉に寛太は無言の微笑みだけを返し、ビールのケースを抱えると、奥へ歩いて行く。

かわりに店の前のほうから、紺の前掛けをした源兄が歩いて来た。

「お。りんちゃん、りんちゃん、りんちゃん」

嬉しそうに寿々を三回も番組内の愛称で呼ぶと、

「ちげーよ、寿々だよ。漢字が違うだろ」

奥から寛太の大声が聞こえた。

「うっせー」

とそちらにきつく言い返した源兄は、

「見たよ、今朝も。お天気」

寿々に対しては、思い切り目を細めて笑うと、いつも通りの気安さで言った。「あれさあ、一日何回？　お天気コーナー」

「えっと、なにもなければ四回、台風とか大雪とかのときはべつで」

「時間って決まってる？」

訊かれて、だいたいのコーナー時刻を教えると、

「あ、待って」

源兄は羽織ったボマージャケットのポケットに手を差入れ、黒いマジックを取り出した。キャップを開け、あらためて寿々に確認しながら、お天気コーナーの放送される時刻を自分の手の甲にメモしはじめる。

「いい……んですか、そこ」

「いいの、いいの、これが一番忘れないから」

「忘れないっていうか、書いてる」

「よそに書くと、そのメモをなくすからさ」

と、時刻を四回ぶん記した源兄は言い、その手の甲をしばらく空にかざすと、

「よし、これで大丈夫だ。ありがとう、りんちゃん、また明日、テレビで」

明るく店の入口のほうに戻って行った。

3

茨城県桜川市、真壁のひなまつりは、二月の四日から三月の三日まで、ひと月たっぷり催される。

「行くなら、これ持ってって」

お正月に会って以来の母親が、二月下旬、親戚へのお土産をわざわざ寿々のところまで届けに来た。

お菓子だとか、頼まれものだとかを、大きな手提げの紙袋三つに分けてある。男四人兄弟の

うち、ひとりだけ東京へ出た父親以外の兄弟が三人、真壁にそれぞれ家を構えていた。本家を長男が継いで、次兄家族と弟家族も、徒歩数分圏内に住む。

「仕事だよ？　私」

電話では了解したけれど、あまりの荷物の多さに寿々は身構えた。

「だって余分に泊まって来るんでしょ。じゃあ手ぶらはダメよ」

ロケバスは金曜に出発、土曜の朝からひなまつりの町並を収録する仕事で、ほど近いホテルに前泊をする予定だったけれど、土曜の午後まででロケ隊が帰ったあとも、寿々は真壁に残って、親戚宅に一泊することにしていた。

「送ったら？　宅配便とかで」

「それだと意味ないわ。せっかく私がここに持って来たのに」

「最初から送っちゃえばよかったのに」

「そういうことじゃなくて、気持ちの問題だから」

「はーい」

と素直な返事をした寿々と、うなずく母親の前に、
おばあちゃんが特製パンケーキのお皿を二つつづけて置いた。

「お待たせっ、お待たせっ」

わりと小さめに焼いた一枚に、きれいな半熟に仕上げた目玉焼きを載せ、同じく緑も鮮やかなスナップエンドウをたっぷりと添えてある。

どちらにも粗挽きのこしょうと塩、ドライパセリとごまを散らし、卵にはハインツのトマトケチャップ、スナップエンドウにはマヨネーズが少しかかっている。

パンケーキには、はちみつとバター。

「おいしい、おばあちゃん、これ、めっちゃおいしい」

さっそくパンケーキを一かけナイフで切り、シンプルにバターをつけて口に運ぶと、はじめは素朴な印象なのに、噛むうちに不思議なくらい味わいが広がって来る。

甘くなくて、食事っぽい。

「九州パンケーキ、っていう粉を使ってみたんだけどね。九州産の素材で、三種の米粉とか発芽玄米とか、もちきびとか、全部で七種類の穀物が入ってるってさ」

「それで、もっちりの中に、つぶつぶ感があるんだ」

「そう。寿々が好きだろうなあって思って。ばあちゃん買ってみたよ。正解かい？」

「正解！」

「よかった。素朴だけど、それだけじゃない深みがある感じだからね」

「うん、かなり好き」

今度は卵をフォークで刺すと、いよいよパンケーキの上に半熟の黄身が、とろりと流れ落ちる。

もちろん、食事っぽいパンケーキと黄身の相性は抜群。

「寿々、あんたちょっと気をつけなさい」

スナップエンドウをフォークで口に運び、しゃきしゃき食べながら母親が言った。「正解！じゃないでしょ。おばあちゃんがひとりで心配だから、あんたにここに一緒に住んでもらうことにしたのに。毎日、そうやってなんでもおばあちゃんにやってもらってるんじゃないの？」

「こ、小言？」

寿々は身を堅くした。今週は、〈オフィスいつき〉で副社長に叱られたばかりなのに。打たれ弱い自分としては、小言のダブルなんて耐えられそうにない。

「ううん、寿々にはいろいろ手伝ってもらってるよ、うちのこと。お掃除でも洗濯でも、ハーブ育てるのでも」

おばあちゃんが、素早く小言を引き取ってくれた。「おやつは私のほうが、作るのを楽しみにしてるんだから」

「本当に？」

「本当だって。どっちかって言えば、おやつは毎日、寿々に食べてもらってるようなもんだよ。最近はｉＰａｄを使って、毎日のレシピや、いろんな素材の評判だって調べてるんだから。いいボケ防止にもなるからね」

「お母さんが？　ｉＰａｄを？　そんなに？」

おばあちゃん、ではなく、自分とのつながりで呼んだ母親が、食卓の上のタブレット端末をうさんくさそうに見る。

「簡単さ。使いやすいよ。ね、寿々」

「簡単簡単」

いつも使っている通りにおばあちゃんがｉＰａｄをいじり、つづけて寿々がその画面を母親のほうに向けた。「ここが、おばあちゃんお気に入りのサイト」

「あら、そう」

母親は簡単に答えると、細かいことはもういいわとばかりに、パンケーキを食べるほうに気持ちを切り換えた様子だった。「確かにおいしいのね、このパンケーキ」

「でしょ！　おばあちゃんのおやつ、最高なんだよ」

「あんたはまた調子のいい」

しばらくナイフとフォークを気取った手つきで使い、それから母親はふーっと紅茶を一口飲む。「ふたりがこんなに仲良くなるなんて、ちょっと意外だったわ」

「そうかね？」

と、おばあちゃん。

「私、もともとおばあちゃん子だったよ」

と寿々。小学校から帰ると、いつもおやつを出してくれるおばあちゃんが最初の話し相手だった。その点では、今となにも変わらない。

「来月は、浮世絵デートに行くからねえ」

おばあちゃんはずいぶん嬉しそうに口にした。「江戸ガール」として、いよいよ寿々がＢＳの新番組に出る日も近い。おばあちゃんの知恵も借りて、そのための準備を今大慌てでしているところでもあった。

「浮世絵？　なんだか楽しそうね」

と母親も乗って来た。

「あんたも行くかい？」

と、おばあちゃん。

寿々はふたりの会話を聞きながら、半熟卵とスナップエンドウの載ったパンケーキをしっかり平らげた。とろーり卵やこだわりパンケーキと同様、「蒸し炒め」をしたスナップエンドウも、本当にしゃっきりした口当たりで美味しかった。

「もう一枚食べる？」

おばあちゃんが空になったプレートに手を伸ばして訊く。「今度はブルーベリージャムを載せようか」

「うん、食べる」

甘い誘いにすぐ乗った寿々につづき、

「……じゃあ、私も」

空いたお皿をすっと指先で押して母親が言った。

「なんだい、あんたもちゃっかりしてんじゃないか」

おばあちゃんは言うと、嬉しそうに笑った。

4

真壁へは二月最後の週末に行った。

都内の高速渋滞を抜け、常磐道のインターを降り、あとは山へ向かう一般道をひたすら走る。いかにも整った学園都市を走り、とにかくのどかな田園地帯を走り、ただただ遠くの山を目指す。

車のない時代は、ここをとぼとぼ歩くしかなかったのだろうか。

お江戸に憧れる寿々も、さすがにそれは大変だなと考えてしまう。

ワゴンバスで少人数のクルーだった。ディレクター、カメラマン、カメラアシスタント、AD、音声さん、ヘアメイクさん。あとはバスの運転手さん。そして寿々。

年配のカメラマンとディレクターが、筑波山麓男声合唱団、という歌のはじまりのところを何度も合唱するので、最初は知らなかった寿々も、やがて歌えるようになった。

予定通り、その日はホテル（タイアップの撮影がちょっとあり）へ真っ直ぐ向かい、翌朝、ビュッフェ朝食の取り放題納豆を、

「さすが本場」

「ねばる〜〜ねばる〜〜」

「あ、違う種類出た」

「もらってこよ」

クルー全員で堪能してから、早くにロケへと出発した。

山を下り、大きく道を曲がり、真壁のひなまつり会場を目指す。

広い空き地の目立つ街道沿いに、石材業の会社がいくつも並ぶようになって、大小さまざまな石灯籠や仏像、謎のかたちの塔なんかが置かれているのが見えれば、いよいよ石の町、真壁に到着だった。

ようこそ、の看板が見える。

そこから町中へ向かう道に入れば、あとはひなびた商店街と、おっとりした気配の住宅地へとつづく。寿々の記憶に大きく残るのは、一番最近訪れたときよりも、まだこちらの祖父母が健在で、まめに帰省していたころの景色なのだけれど、どちらにしろ今もそれほど変わりはないかもしれない。

真壁は、蔵の町でもあった。

古くからの石蔵や土蔵が、昔のまま多く残されている。板塀や木造の店舗も多い。国から歴史的な建造物の保存地区に認定されていて、登録文化財が百件以上もあるという話だった。

その一方で、鉄道は二十何年も前に廃線になり、線路のあとはサイクリングコースになっている。

ひなまつりの時期は臨時バスが走るけれど、ふだんは路線バスもない。

以前は真壁郡真壁町、今は近隣町村と合併して桜川市となったけれど、その旧町の地域全体が会場になっているのが真壁のひなまつりだった。

ただし、丸一ヵ月もつづくフェスティバルに相応しいような、大勢の人が一斉に集まれるメインの広場はない。古い郵便局だったという洋風の建物（登録文化財）が、案内所になっているくらい。あとはただエントリーした二百軒以上の商店や民家なんかが、それぞれバラバラに、自分たちの持つひな人形を好きに飾っているのだった。

商店のショーウインドウや店先、蔵の中、民家のガラス戸越しなどなどに。

見物客たちはそれを一軒一軒、見て歩く。

そういうおまつりだった。


緋毛氈の五段や七段、金屛風の飾り、人形の年代は平成から昭和、大正、明治、江戸時代のものもある。昭和何年、平成何年、といった表示札の立った人形を見ると、その年に生まれたお嬢さんのいるお宅なのだろうなと思う。

手作りびなや、変わりびなも目立つ。小さな招き猫のおひなさま。うさぎのおひなさま。鳩のおひなさま。マルCは大丈夫だろうか、Mキーマウスのぬいぐるみを利用したおひなさまもある。

瓦屋根と白い漆喰壁、江戸時代の見世蔵を使った書店は、今は蔵を閉じて、隣を店舗としている。売れ筋のコミックスを並べたのと同じ棚に、小さなひな人形がこっそり納まっていて可愛かった。

おせんべいや飴なんかを並べて売っているお菓子屋さんでは、その台の上方に何本も竹を渡して、ところどころ入れた切り込みに明治時代のひな人形を一体ずつ飾っている。

人形と一緒に、いかにも蔵から出した古物を飾っているところも多い。

商品広告の看板。消防団の半纏。きれいな打ち掛け、など。

係の人が配っているひなめぐりのマップによれば、エントリーした各戸には、番号がふられていた。

ただ、その順番通りに人形を見ようとすると、四十七、四十八、百十四、といった謎の飛び方をときどきしていて、きっちり順を追うのは難しいと断念することになる。それでなくても全部で二百数軒、ぽつりぽつりと離れた場所にも人形はあったから、そのすべてを見るのは大変だろう。

「あ、ここは」

そのマップを見ながら歩いた寿々は、商店街からは少し離れた界隈、一軒のお宅の前で足を止め、カメラに向かって得意のくしゃくしゃ笑顔（仕事用）を見せた。「親戚です。みのる叔父ちゃんち。ここもひなまつりに参加してますね。番号は、三番です。入ってみましょう」

布団店のサッシ戸を開けて中に声をかけると、

「あれえ、すずちゃん、いらっしゃい、あがってあがって」

みのる叔父の奥さん、とみこ叔母ちゃんが奥から姿を見せ、きれいな色の紅を引いた口で言った。

「ひな人形、うちのはそこよ。娘ももう鹿島に嫁いで使わないんだけど、やっぱり毎年出さないとねえ」

「たかこちゃんの」

「そう、たかこ。あ、すずちゃんが来たらよろしくって言ってたわよ、嵐に会わせて、って」

「私も会ったことない」

「あ、あといつきちゃんからも、すずちゃんをよろしくって頼まれたんだから」

叔母ちゃんも地元の出身で、寿々の事務所のいつき社長とは、高校の同級生、当時からの友だちだったらしい。

「今日、みのる叔父ちゃんは」

「お父さん、急にテレビに出ることになったからって、朝から緊張してずっと待ってたのに、なんでか今、車洗いに出かけちゃって……」


井戸や古いポスト、がらがら音を立てる引き戸。何十年ものだかわからない、アイスクリーム用の冷蔵庫。悪戯グッズの出るガチャガチャ。そんな景色と、もっと年代を遡るせいで貴重になった文化財が独特の調和をしながら交じっている。

夕方を前に撮影を終え、先に帰京するスタッフを精いっぱい見送り、母親からのお土産を三軒の親戚宅に順番に届けると、寿々はようやく身軽になった。

一番年の近い従姉、ゆうこちゃんのうちに泊めてもらう。駅前にあるみずやす伯父（駅はとっくにないけれど、駅前の名前だけは残っている）のうちだ。黒い雑種犬、ジョン太とひとしきり遊ぶ。あやこ伯母ちゃんが、たくさんご馳走を用意してくれる。

翌日はゆうこちゃんの案内で、また町を見て歩いた。

今度は仕事を離れて、プライベートで。木造の旧家や旅館の趣きは、足を止めてじっくり見るのにいい。一個六十円、和菓子屋さんの手づくりあんどーなつをお土産に買う。

期間中、これが最後の日曜日とあって、人通りはどんどん多くなって行く。

ひな人形以外にも、やはりちょっとレトロな、古い町並みが観光の目玉なのだろう。昔ながらのお肉屋さんの揚げるコロッケにお客が並び、手作りのお豆腐屋さんのがんもどきにも並ぶ。

「なんで?」

と、ずっとこの町に住むゆうこちゃんが笑っている。「普通のお店なのに」

そういえばすいとんを振る舞うお店が商店街のそこここにあり、

「名物なんだっけ?」
五、六年ぶりに町を訪れた寿々が訊ねると、
「いや、べつに」

と、これもゆうこちゃんが笑った。「町おこしだって」

そもそもこのひなまつり自体、歴史はまだ十数年、という話だった。町並や蔵や建物、飾られる人形の古さなんかに比べると、いかにも若い。

でもそうやって町の長い歴史と、「今」をつなぐのだろう。

寿々はそれを好ましく思った。

しばらくすると、昨日は車を洗いに行ってテレビに出そびれたみのる叔父ちゃんから、ゆうこちゃんの携帯に連絡があった。

「すずちゃん、伝承館には行かなくていいのか、だって。真壁伝承館」

「行ったほうがいい？」

「一押しらしいよ、叔父ちゃんの」

行くことにする。落ち合って案内してくれるというので従姉とのんびり向かうと、真壁の伝承館は、ずいぶん新しく立派な建物だった。

江戸時代に「陣屋」と呼ばれる役所があった場所らしい。もともとは真壁城があり、それが江戸時代の初期に廃城となって、やがて陣屋が置かれることになった。

親戚の中でも、ずっとよそに住む寿々はもちろんそんなに詳しくなかったけれど、ゆうこちゃんによれば、地元でも子供のころから、家族や近所や親戚や学校の大人たちに何度となく聞かされ、そのたび聞き流してよく覚えていないようなことが、遺跡を調査復元した「伝承館」と、併設の「歴史資料館」に展示公開されているようだった。

今はひなびたこの界隈も、歴史をひもとけば、戦国時代からの城下町としてずいぶん栄えていたのがわかる。

みのる叔父ちゃんに連れられて「歴史資料館」に入ると、江戸熱の高まっている寿々は、かつてないくらい真面目に町の年表を見た。

まだお城があって真壁藩と呼ばれていた頃、城主だったのが浅野家だったと（絶対に前にも何回か聞いたことがあるはずだったが、あらためて）知ってじんわり感動した。

浅野家はここ、真壁藩を離れたあと、あの赤穂藩主となったのだった。

「そっか。赤穂浪士で有名な浅野なんだよね。知ってた？　ゆうこちゃん」

「それは知ってたよお、さすがに。だから四十七士の中にも、真壁藩に縁のある人が何人もいるって」

「へえ、そうなんだ」

寿々が江戸の味に興味を持ったきっかけのお豆富屋さん、笹乃雪にも、よく赤穂浪士が訪れていたという話だった。

やがて切腹する磯貝某と、笹乃雪の娘との恋。

その悲恋を思い、寿々ははじめて江戸を身近にも感じたのだ。

呼ばれているのかもしれない。

歴史の男たちに。

すず、すず、すず……。


すず、すずちゃん、すず……。

本当に呼んでいたのは、四十七士の誰かではなく、四兄弟で一番の男前（自称）、西岡徳馬にちょっと似ているみのる叔父ちゃんだった。

「どうだい、もう出よっか」

ぜひ伝承館に行くべき、と勧めたわりに、中にまだ十分ほどしかいなかった。

「だって、そこに書いてあることをゆっくり読んでたら、いっくら時間あっても足りないから。大丈夫。いつ読んでも中身は一緒。次また来ればいいって」

みのる叔父ちゃんはにやりと笑い、出口へ向かった。

「でも、叔父ちゃん、歴史って、あとの研究でずいぶん変わることがあるよ」

ゆうこちゃんがゆっくりと、正論で闘おうとしてくれたけれど、

「じゃあ余計、変わってから読んだほうがいいっぺよ」

茨城弁で言い切ったみのる叔父ちゃんの足を、それ以上止めることはできなかった。「これからもう一カ所、案内したいところがあるんだ。早くしないと、昼ご飯に間に合わなくなるからさ」


叔父ちゃんが言うもう一カ所案内したいところとは、市内の観音様だった。

「午後に、って思ったけど、すずちゃん、明日早いからすぐ帰るって？」

「うん」

「じゃあ、ちょっと今、車でぴゅーっと行って帰ってくればいいから」

と、みのる叔父。伝承館の広い駐車場に置かれた、昨日洗車したばかり、ぴかぴかの車にゆうこちゃんも一緒に乗せられた。

「もうひなまつり関係なくなっちゃってる」

ゆうこちゃんが笑う。

山間(やまあい)にあり、観音様の名前で呼ばれるそのお寺は、境内をクジャクがたくさん歩いていた。

おー、クジャク、と思うとすぐ、その場でゆっくりと、大きな美しい羽根を広げはじめる。

寿々が感激してスマホを構え、写真をとっていると、手を洗いに行ったみのる叔父ちゃんが
休憩所から出て来た。お参りをせずに待っていたので、ゆうこちゃんとふたり近づくと、

「すずちゃん、ゆうこちゃん」

叔父ちゃんが手招きする。呼ばれるままそばに行くと、

「これで」

と、にこやかに十円ずつ手渡された。お賽銭(さいせん)を人にもらうのが久しぶりで（それも十円）、
なんだか子供みたいで楽しかった。


お昼には真壁に住む三家族がほぼ全員集まって、予約を入れたお寿司(すし)屋さんの二階で食事をした。

さくらでんぶと錦糸玉子のたっぷり載った、春らしい彩りの可愛いちらし寿司と、野菜たっぷり、すいとんの浮かぶお椀(わん)のランチをいただく。

支度を終えた店員さんが一階へと下り、親族だけが集う二階の間に、窓からひたすらおだやかな日が差し込んでいる。

昼食が済むと、みのる叔父ちゃんがまた車で駅まで送ってくれることになった。

名前だけの「駅前」ではなくて、東京まで帰りやすい駅だ。

「すずちゃんのテレビ、みんなこっちでも楽しみにしてるからね。あんちゃんとお義姉さん、それからおばあちゃんにもくれぐれもよろしくね」

こちらの三軒の親戚が、それぞれに手提げの紙袋いっぱいのお土産を持たせてくれたから、寿々は来たときよりも大荷物になった。袋の中には地元のおせんべいや、みのる叔父ちゃん手作りの、よもぎ餅なんかが入っているようだった。

5

三月に入ると、おばあちゃんとのデートがつづく。まずは真壁のお土産を受け取りに来るという母親も誘って、原宿へ浮世絵の展示を見に行った。

大きいものはまた今度でいいね、ということで、母親にはみのる叔父ちゃん手作りのよもぎ餅を中心に、小さな手提げを用意して渡す。個人のコレクションをもとにしたという浮世絵専門の美術館は、表参道の脇を入ったところ、ラフォーレ原宿の裏手にある。

この三月は江戸娘の装いに焦点を当てた展示が行われるということで、寿々は前から見るのを楽しみにしていた。

一階の展示スペースに入るとすぐ、畳敷きの一帯があり、おばあちゃん、母親、寿々と三人さっそく靴を脱いで上がる。

歌川豊国（とよくに）「町娘図」。水野盧朝（ろちょう）「向島桜下二美人図」。渓斎英泉（けいさいえいせん）「ほおずきを持つ美人」。

桜の花が描かれた着物の裾模様。

振り袖、島田髷（まげ）、赤い髪飾り。

桜の季節のすみだ川。

壁にかかった絵を、順に鑑賞する。

「へえ、素敵」

「きれいだねえ」

「かわいい」

絵師によって少しずつ表現の違う描き方に、それぞれゆっくりと引き込まれて行く。

「あ、あぶないよ、そこ、ガラスあるよ」

寿々はうっかりしたところのある母親に注意を促したけれど、

「うん……」

と答えたくせに、そのまま絵に近づこうとして、母親は強化ガラスに強く額を打ち付けていた。

ごん、という鈍い音のあと、おでこに手を当てる五十代の娘を見て、

「おっちょこちょいだね、あんたは」

おばあちゃんが呆（あき）れたふうに笑っている。

一階展示スペースの中央には、よしずで囲われた休憩処があり、順路は向こうの壁から二階へとつづく。

寿々たち三人は畳からおり、もっと振り袖娘たちの浮世絵を見て歩いた。

大名家の姫君の振り袖は、桜、かきつばた、ぼたん、菊に雲の総模様。

羽子板を持つ娘は、袖の下のほうに松竹梅の模様。

江戸百人美女、東本願寺には、水流と金魚の柄の振り袖を着た娘がいる。

しいたけ髱という、平たくて丸みを帯びた結髪は若い奥女中のものだと、絵に添えられた解説文にあった。何点か観ると、

「おばあちゃん、この人、奥女中」

しいたけ髱の女性を見て、寿々はすぐ指摘できるようになった。

お花見に臨む江戸娘たちの意識の高さも、絵からよくうかがえた。

美しい桜の下、女性たちは誰も、少女さえも振り袖で着飾っている。

「やっぱりきれいだねえ、桜と振り袖。ばあちゃんも今年はそんなふうにしたいね」

おばあちゃん得意の軽口に、

「お母さん、それはちょっと」

ダメ、というふうに母親がきつく首を振っていた。

とらやに行きたい、というおばあちゃんの希望をいれて、美術館を出ると赤坂まで移動した。

「めずらしい、わざわざ」

というのは、ふだんあまり馴染みのない界隈だからだろう。母親が不思議そうにしたけれど、

「だって、よく考えたら、とらやさんの本店で食べたことがなかったから」

おばあちゃんはさらっと言った。「昔から、羊羹をいただくばっかりでね。食べ物も、私なんかだと、そろそろ一期一会かもしれないからね」

「全然、そんなんじゃない。おばあちゃん、元気なのに」

寿々は仲のいいおばあちゃんの、弱気な発言に反発した。

「あら、なんか嬉しい」

おばあちゃんが笑顔で言う。「とにかく、なんでも思い立ったチャンスにね。楽しいことをした日は、やっぱりおいしいもの食べたいでしょ。気持ちがもっと浮き立つから。お花見に振り袖で行くのと同じ気分」

その説明で、寿々はとりあえず納得する。

虎屋は室町時代に京都で創業、天皇家におさめるお菓子司として長い歴史を持ち、明治維新後、東京遷都にともなって東京進出。御所の近くを何度か移転し、銀座に店舗を開設。やがて店舗を赤坂へ移したという。

「お店ができる前は、普通には買えなかったってことだからね。今のお取り寄せグルメと違うからね」

と、おばあちゃん。

とらや、と右から書かれたお馴染みののれんをかけたお店に入ると、広い店内の左手に階段が見える。地下が喫茶のスペース、虎屋菓寮だった。

全体に黒を基調とした、シックモダンなつくり。

入ってすぐに草月流の大きな生け花が飾られ、ドビュッシーのピアノ曲が流れている。テーブルは黒。椅子は赤。

お品書きを開いてひと騒ぎし、おばあちゃんが抹茶とよもぎ餅、母親が煎茶とぜんざい、寿々は抹茶グラッセとあんみつを注文した。

「冷たいのにしたんだね、寿々」

とおばあちゃん。

「だいぶ春らしくなったから」

一日の最高最低気温を把握しておけば、コートなしで出られる日もある時期だった。もちろんそれを仕事にしている寿々は、その点での失敗は少ない。

「そうそう。お昼には、金田中（かねたなか）の料理でお膳を出すんだってよ。ここ」

さすが、事前に下調べをしたらしいおばあちゃんが言った。お赤飯と甘味が虎屋製で、料理とお椀を、料亭の金田中が担当するという。

「金田中、って築地の？」

と母親。「食べたことないわ。ある？」

訊かれたおばあちゃんは、あるわけない、と言い、ない、ない、と寿々も首を振った。なだ万はデパ地下にあるから、とか、吉兆は、と話がそれる。

テーブルには、きれいな抹茶のグラッセが届いていた。上一センチほどが白く泡となり、手のひらに少し余るくらいの、緑の抹茶が下に注がれている。あんみつはこしあんと塩豆、黒豆、涼しげな寒天に、梅、緑、黒、茶、黄色、と色のついたものが交じっている。

まずブログ用に写真を撮り、お好みでどうぞ、と置かれた抹茶用の白みつを注いでいただくと、ほどよい苦みと甘さが溶け合ってさわやかだった。あんみつも、さっぱりとおいしい。本当に上品な、さらっときめの細かいあんこだった。

おばあちゃんも春らしい器のお抹茶をいただき、嬉しそうにしている。長方形のよもぎ餅にも、こしあんがたっぷりかかっている。あんみつのよりは、もう少しとろっとしたあんだ。おばあちゃんがそちらに箸をつけ、おいしい、と笑った。お餅はやわらかく、色がつかないくらいにあぶってあるようだ。

「でも、そういえばよもぎ餅、今日持って来たんだったね」

おばあちゃんは今思いだした、というふうに言って舌を小さく出した。みのる叔父ちゃんからのお土産を、寿々が母親に手渡したのだった。もちろん、家のぶんはきっちりあり、おばあちゃんもまめに食べている。

「そう、だから私はぜんざいにしたの」

と母親。ひとこと言えばいいのに、とか、叔父ちゃんのは丸形だとか、きな粉添えだから違うよ、とか話す。

今日はなにを話しても楽しく、女三代でお茶をいただいた。

たくさん見た浮世絵の着物の柄、模様がどれも違い、ひとつとして同じものはなかったことに寿々はあらためて感心し、そんなことを母親とおばあちゃんに話していた。

髪を気にするあどけない娘の癖。

人形遊びをする少女。

文を書く娘。

折り紙に興じる少女。

いろんな場面の娘たちが、生き生きと、時代や季節を越えて可愛く見えた。あらためて考えると、そういった時代を越えて変わらないものに、寿々ははっきりと惹かれるようになっていた。

第七話　お花見日和

1

おばあちゃんとの次のデートは築地の市場巡りで、これはたまたまつけたテレビのバラエティ番組で、グルメレポーターがおいしそうな食べ歩きをしているのを見たからだった。

「いいねえ、行きたいねえ。どうだい、寿々」

「行きたい」

「あらーおいしそうなカレーだねえ、これは場内のお店だって」

「すごいボリューム、セリに来た人が食べる感じかな」

「うん、そうだねえ。だけど、もうじき豊洲に移転するんだろ、市場も」

「でも確か、場外市場は残るって。前にニュースで」

「へえそうなのかい。それは嬉しいねえ。でもどうせなら、やっぱり場内のあるうちに行きたいじゃないか」

そんなおばあちゃんの意見に異論はない。

もともとは日本橋にあった魚河岸が、大正時代、関東大震災の被害にあい、それから場所を隅田川沿いにうつしたと聞いたことがある。

　セリが行われ、仲買の人や仕入れ業者が利用する「場内」市場も、小売店が並び、一般客、観光客も制限なく使える「場外」市場も、多くのお店は午後二時頃までには閉まるということだったけれど、朝の早い寿々には、むしろちょうどいい話だった。

　平日の仕事上がりに、地下鉄の出口からもほど近い、築地本願寺の前で待ち合わせた。

「あれ、どうしたの？　りんちゃん。今日はまーた、元気いっぱいだね」

　スタッフとのミーティングを終え、真っ先にお疲れさまを告げると、情報番組〈あさ6〉のメインキャスター、自称さわやかアナウンサーの久高つとむがにこやかに言った。「って、あ、こういうこと言ったらいけないんだよなあ、プライベートを探るようなこと。ごめんね」

「いえ、大丈夫ですよ。全然」

　すかした二枚目、久高アナは意外に繊細な気遣いもしてくれるタイプだった。きっと今も、デート？　とでも訊きたいのを寸前でこらえ、しかもすでに嫌な感じを与えていたらいけないと先回りして詫びたのだろう。仕事に対して神経質、というのと根は同じかもしれないけれども。「それに久高さん、まだなんにも探ってないですよ」

「そう？　そっか。そうだよな」

「じつはデートなんです、今日、これから築地で。おばあちゃんと」

「おばあちゃんと！　築地で！　デート！」

かーっ、まいった、とばかりに目を見開くのは、久高つとむ、得意のおとぼけポーズだった。

「さすが、りんちゃん。命名するよ。一億三千万人の息子の嫁」

まるで番組の放送中みたいに、サービス精神満点。謎のキャッチフレーズ（なんすか、それ、と咄嗟に冷たく反応したＡＤの鈴本君が、繊細な久高アナにぎろりと睨まれている）までつけてもらった寿々は、もう一度、お疲れさまとお先に失礼しますを明るく告げると、笑顔で局のフロアをあとにした。

道すがら、築地市場についてスマホで検索する。

お寿司はもちろん、大きなまぐろや鮭、いくら、うに、玉子焼き、シューマイ……つぎつぎ美味しそうなお店や食べ物が出てきてわくわくした。

食堂なんかは、場内のお店も一般客が使えるらしい。

なにを買おう、なにを食べよう、とメトロの中であれこれ考えながら、地下鉄を下り、待ち合わせの場所に到着すると、もう先におばあちゃんが来ていた。

しかもまだお昼にもならない時刻だというのに、また得意の、屈強なＳＰを連れて立っている。

さかいやの寛太だった。

なぜ、という気持ちが半分。しょうがないなあ、と呆れる気持ちが半分。

でもそれとはまったく別カウントで、これは楽しくなりそうだと心が浮き立つのを、寿々はうまく止められなかった。

「寿々。言い訳させてくれ。ばあちゃんが、築地に買い出しに行くって言うから、俺、てっきりひとりの買い出しだって、勝手に勘違いして」

神田の「やぶそば」に彼氏とふたりでいるとネットに書かれ、ブログがひそかに（というのは寿々にはわからない管理スタッフのところで）炎上。あれは自分が誘ったせいだから、と反省していただけあって、寛太はまず申し訳なさそうに言った。「ばあちゃんも、ひとりじゃつまんないだろうし、ちょうどこっちも仕事の手があいたから、じゃあ、俺が荷物持ちに行くよって」

「そうなんだよ。おばあちゃん、今日は寛太についてきてもらったんだ」

おばあちゃんが心配そうに、寛太に加勢する。

「もし寿々が来るってわかってたら俺……」

と、体格のいい幼なじみが、反省顔でクビをすくめた。すまん、とばかりに寿々の顔を見る。

さらに、

「じゃあ、ばあちゃん、俺、もう帰るから」

寂しげにそんなことまで言い出すから、

「いーよ、べつに帰らなくて」

寿々は慌てて制した。

せっかくここまで来て、美味しいものをひとつも食べないで帰るのはさすがにもったいないだろう。

「それより仕事は？　本当に大丈夫だったの？　いい加減、本気で源兄に首絞められるよ」

「いや、陸夫がもう大学休みだから、今日はあいつに手伝ってもらうことにしたから」

「へえ。りくちゃんが」

　三兄弟の一番下、上のふたりとはまったく顔立ちの似ていない美青年が店番をしているのなら、ご近所の奥さんたちも喜ぶかもしれない。客足が遠のき、寂れる一方の「さかいや酒店」復興のカギは、源兄の頑張りや寛太の宝くじなんかではなくて、あの三男の美貌にあるのではないだろうか。

「ねえ、それより寿々、なに食べよう」

　まずは問題がひとつ解決したとばかりに、おばあちゃんは晴れやかに言った。だいぶ陽気も春めいて、今日は軽そうなコートを一枚羽織っただけだ。

　寿々はスマホ片手にあれこれ考えて来たのを思い出すと、

「玉子焼きの焼き立てを、最初にちょっと食べたいな」

　どう歩けば目指す方向に近いのか、とりあえず足を市場へ向けながら、そう言って顔を輝かせた。


　ターレー、と呼ばれる小型の荷物運搬車が、人波をかき分けるように走って行く。

　樽（たる）みたいな前部に大きな丸いハンドルがついた、一人乗りのミニ車だ。それを立って操縦する場所のすぐうしろが、短い荷台になっている。そこに段ボールや発泡スチロールやプラスチックのケースなんかを積んで、市場内を素早く走り回るのに使うようだった。

場内から場外へ、場外から場内へも。

もちろん卸売りの市場では、そちらが本来の仕事だろう。

プロが大勢使う場内市場のエリアと違って、場外は一般客も観光客も気軽に往来ＯＫ、とは言っても、寿々たちのような素人があちらこちらをふらりふらり歩くのでは、実際は邪魔に感じることも多いのではないだろうか。

一方で、やはり観光客も呼びたいのか、場外の広い通りには、案内スポットやお土産センターといった施設もしっかりある。

「ネイルいかがですか」

と、熱心に勧誘している女性たちまでいた。市場にサロンがあるのだろう。

玉子焼き屋さんは、場外の広い通り沿いに三軒あった。

奥にも一軒。

うち二軒が、スティック状に焼いた玉子焼きを売っている。

あちらは一本百円。

こちらは一本百二十円。

どちらも有名なお店だ。

「おばあちゃん。せっかくだから、両方食べてみようよ。半分ずつ」

寿々の提案に、

「いいねえ」

おばあちゃんは同意した。まずは一軒。愛想のいい、陽気なお店に寄る。食べ歩きに手頃なサイズを、トレイに載せて売っていた。プラスチック製の、小さな二股楊枝が添えてある。

寛太のぶんと二皿、おばあちゃんが買ってくれた。

「うん、美味しい。甘いね」

「いい甘さだねえ」

「お、うまい」

と寛太も大きくうなずく。

もう一軒の玉子焼きには、田楽みたいな串が刺してあった。希望を訊かれ、大根おろしをかけてもらう。寛太もまったく同じようにし、ベンチが脇にあったので、三人そこに並んで腰を下ろした。

「こっちは出汁（だし）がきいて、ふわふわ」

「そうだね、こういう甘さもいいねえ」

「お、こっちもうまい」

「もう、寛太の感想は単純明快だねえ」

なんて話して、三人で笑う。

やがておばあちゃんがベンチから腰を上げ、寛太のぶんも受け取ってトレイを二つゴミ箱に捨てた。それからまた、昭和のマーケット風とでも言うのだろうか、ひなびた雰囲気の、小売り商店の低い建物が連なる場外市場をぶらり歩きはじめる。

「今日は空が青いねえ」

ちょうど見晴らしのいい角度で、おばあちゃんが言った。川に面した場内市場の向こうには、屋上に赤いクレーンを載せた建設中のタワーマンションと、確かにきれいな青空が見えた。シールを貼ったみたいに、どこまでもぺったりと同じ色をしている。

「ねえ寿々。お昼ごはんなんだけど」

「うん」

「カレーはどうかねえ」

おばあちゃんが晴れやかに、でもちょっと悪戯(いたずら)っぽく言った。

「カレー？　お寿司や海鮮丼じゃなくて？」

「うん、この前テレビで見たあれ。食べてみたいよお」

予想とはちょっと違ったけれど、それがおばあちゃんの希望なら、もちろん断る理由もない。

「寛太も、それがいいって。来るときにちょっと話したんだけど。ね、寛太」

「あ、うん。ま、俺はなんでもいいんだけどな」

寛太はおばあちゃんと寿々、両方に向けて笑う。

「じゃあ、そうしようよ」

と寿々は同意した。築地だから海鮮……とはやる気持ちを少しおさえ、いつも市場を利用する人たちの食事を真似(まね)してみるのも、案外楽しそうな気がした。

2

日本橋に河岸があった頃から、百年もつづくというカレー店は、「中栄（なかえい）」という名前だった。場内市場でも外寄り、「波除通り（なみよけどおり）」からは入ってすぐの一号館にある。他にも牛丼、寿司、洋食、団子、パンなど、同じくらいの狭い間口の食べ物屋さんばかり並ぶ建物の、真ん中あたりだ。

「大正元年の創業だって。江戸じゃないけど、すごいね。日本橋から、この市場と一緒に移転して来たわけでしょ。日本橋の魚河岸は、江戸時代からあったんだもんね」

「そうだねえ、ここのお店は豊洲に一緒に行くのかねえ」

目を細めたおばあちゃんが言う。

店内はU字のカウンターになっていて、ドアの上にオレンジの日よけがかかっている。ちょうど一足先に入ったお客さんで満席になり、外で少し待つように店員さんから指示された。

並びの寿司店の行列が、ちょっと長いだろうか。外国からの観光客も多いようで、寿々には意味の取れない言葉がときどき聞こえて来る。

「食べられる？　あんなに」

ガラスドア越しに、あらためてカレー屋さんの中の様子を見て、寿々はおばあちゃんに言った。

注文されたカレーはすぐに出てくるようで、先に入ったカップルの前には、テレビで見たのと同様、どーんと迫力のあるカレーが早くもそれぞれ置かれている。大皿の真ん中にご飯、両側に二種類のソースがたっぷりかかっているのは、オススメの「合がけ」というメニューだろう。ご飯の隅には、キャベツの千切りも山盛りに載せられている。

「多いよ、ほら」

「平気さ、平気。だいたい、なんのために寛太連れて来たと思ってるのさ」

「じゃあ、合がけ行くの？」

「せっかくだからねえ」

にこにこ話すうち、中の席が空いた。

おばあちゃんと寿々は、席に着くと、印度カレー（ポーク）とハヤシライスの合がけを注文した。最後にのっそり入った寛太は、印度カレーとビーフカレーの合がけを注文する。注文とほとんど同時に奥でルーがかけられて、手前の店員さんへとすぐに送られて来る。お皿の到着まで、本当にほとんど待つことがなかった。

印度カレーのルーは、思っていたよりもさらっとしていた。ほどよくスパイシーで、さっぱりと美味しい。ご飯の島の反対側、ハヤシソースの甘いデミグラスと交互に食べると、両方の味が際立って、なおいい。

合がけで正解だった。

「寛太のはどう？　ビーフとポーク」

「うん、うまいよ」

「じゃあ、ビーフひとくち」

「よし。ほら、ばあちゃんも」

寛太にわけてもらったビーフカレーは、ポークよりも辛さが控えめで、素直に食べやすかった。

とはいえ、やはり一人前以上に見えるご飯はずっしりと重く、徐々にお腹にこたえて来る。なにしろ玉子焼きも、（おばあちゃんと分けたにしても）二店のものを半分ずつ、たっぷり一本分は食べたあとだった。

「寛太、こっちも食べて」

「私のも」

寿々とおばあちゃんふたりに頼まれ、寛太はだいたい二人前のご飯とルーを食べた。


それからまた場外へ出た。

並びのお店でお団子を買い（こしあんがいいよ、と通りがかりのおじさんが教えてくれた）、具材の種類の多さと、とにかく大きさに目を引かれるおにぎり屋さんがある。焼き鯖(さば)、鮭わさび、まぐろ昆布、ちりめんじゃこ、味噌(みそ)焼き、しじみ、豚味噌、などなどの具だ。べたっと海苔(のり)を巻き、ラップにくるまれた三角おむすびが、いかにも魚河岸の携帯食っぽくて、本当に美味しそうに見える。

「カレーをあんなに食べちゃったから、さすがに今すぐはなんにも食べられないねえ」

と、おばあちゃんが言う。今すぐ、でなければ食べる気はあるらしい。

「お、うまそ」

と寛太は平気で言う。

ホタテやウニ、カニやタコなんかを網焼きにしているお店からは、香ばしい誘いが風に乗って届いた。

「あれは食べたいねえ」

と、おばあちゃん。確かに少し経ってお腹が空いてきたら、という気にさせるには十分の、魅惑的な香りだった。

「やっぱり、食べないわけにはいかないよねえ」

「じゃあ、ひとまわりして戻って来ようよ。そのあとなら食べられるかも」

つやつや、ぷりんとした大きなシューマイをせいろで蒸して、一個売りしているお店があった。辛子と醤油をたっぷりつけて食べたらおいしそうだ。

鯛焼きならぬ、マグロのかたちのマグロ焼き屋さんもある。小売りの立ち並ぶ「場外」は、エリアも広く、とにかく店舗数が多い。

海産物屋さんや、鮮魚店はもちろんたくさん。

珍味、漬け物、おでんの練りもの屋さん。海苔屋さんや肉屋さん、パン屋さんに青果店。イタリアンレストランに喫茶店。調理器具店や食器店。何本かの大きな通りから、葉脈のように細い道が延び、その先にもお店がある。

本当に通路にしてよかったのか、バラック小屋の中にある飲食店の、カウンターに向かったお客さんのすぐうしろ、今にも背中に触れそうな位置を通り抜ける。

外の大通りに面したアーケードにまでは出ずに、場外エリアの内周くらいをさっとひとまわりしてから、江戸時代、一帯の埋め立て事業の安全を祈願して祀られたという由来の、「波除通り」にある稲荷神社でお参りをした。

はるか昔には、ここらあたりも波が荒かったのだろうか。

今はちょうど人気の絶えたところにある、静かな神社だった。入ると右手に大きな獅子頭が祀られていて、

「あら、寛太の顔みたいだね」

とおばあちゃんが言わなければ、もちろん寿々が言ったに違いない。

境内を進み、お賽銭をあげ、戻ってよく見ると、入って左手のほうにも、大きな赤い顔の獅子頭が祀られている。

さらに鮟鱇塚、海老塚、玉子塚、すし塚……と海のものや、界隈で料理されるものを供養する石碑が並び、赤い前掛けをしたおきつね様の祠がある。

近頃よくお参りしているのは、歴史に触れて、寿々が信心深くなってきたからだろうか。

それとも立ち寄る先々に、お寺や神社があるからなのか。

ゆっくり神社をあとにしてから、寿々がそんなことを口にすると、

「いいのいいの、神様、仏様には手を合わせるものよ」

信心深いのか、適当なのかわからないおばあちゃんがさらりと言う。「それより、寿々。……そろそろいけるかもね」

「どこに？」

「どこに、じゃないよ。網焼き。おばあちゃんは食べられるよ。寿々はどう？」

「そうだね。どうせ分けるよね」

一口ずつくらいなら、やっぱり食べておきたい。

「寛太は？」

訊くまでもなく、大きくＯＫ。さっき見た網焼きのお店のほうを目指して行くと、よかった。まだ店じまいはせずに、同じ網でシーフードを焼いていた。

ホタテの貝殻の上に、カニやウニを一緒に載せて、網焼きし、上からバーナーでもあぶっている。

いい香り。

脇に立つアジア系の外国人グループが注文したものみたいだ。網の横のテーブルに銀色のトレイがあり、ネタをセットした状態の貝殻が、いくつか火にかけずに置いてあった。

それを見て三人で相談し、ホタテとカニ、ウニ、天然のカジキマグロの載ったものをひと皿注文する。

磯の香りを、じっくりじっくりかぎながら待つ。

やっと自分たちのもとへ届くと、それぞれ割り箸を手に、ぱくりぱくり。新鮮な魚介はどれも甘く、身がしっかりとしておいしい。三人であっという間にたいらげた。

「おいしい」

「おいしかった」

「ごちそうさま」

にこやかにお店に声をかけてまた場外市場を巡りはじめる。

「寿々、ここが江戸時代からの魚問屋さんだって」

寿々も下調べしてあったお店を、おばあちゃんが先に見つけて教えてくれた。

煮干しや袋詰めされた特製の粉だし、貝ひもやえいひれ、といった乾物が、陳列台にところ狭しと並べられている。あちらの壁には、大きな昆布がたくさん見える。

気づくと、おばあちゃんが煮干しの袋を手に、さっそく店の奥へと歩いている。

佃煮(つくだに)屋さんのハシゴもした。

きっちり真空パックや、瓶詰めされた佃煮を売っているお店には、外国人のお客さんの姿が多く見える。まぐろやたらこ、わかさぎといった魚の佃煮。昆布や海苔、ホタテやエビの佃煮。店舗はずいぶんきれいで真新しいけれど、すっきりした陳列の間の壁に、以前の河岸時代の景色らしい、白黒写真のパネルがいくつか飾ってある。

樽の並んだ店先に集まる、法被を着た短髪の男衆と、着物の女衆。一緒に写る数人の子供たちは、ほとんどが着物姿に白い上っ張りを着せられ、女児は前髪一直線、男児は丸刈り。自転車がずらっと店前に並んでいる。

お店の創業は大正はじめ、だいたいさっきのカレー屋さんと同じ頃のようだ。男女それぞれに分かれて、佃煮づくりの一工程なのだろう、屋内で手仕事をしている写真もあった。

「ここも美味しそうだねえ」

次のお店では、あさり、しじみ、それから大根と刻み野菜の佃煮を、おばあちゃんがぽんぽんと買った。

店先に十から十五ほどの桶(おけ)やバットを並べた量り売りのお店だったけれど、おかみさんらしき年輩の女性（おばあちゃんと同い年くらい）が、どの佃煮もずいぶん多めにパック詰めして、値段はそのままにおまけしてくれている。

「あら、嬉しい」

と喜んだおばあちゃんが、

「あと、これもちょうだいな」

ピーナッツ味噌も指さした。

寿々のほうを見ると、

「ほら、茨城の名産でしょ、ピーナッツ味噌。あんたのお父さんのところ」

と笑う。

いつの間にか、おばあちゃんはずいぶん買い物をしていた。

今、購入した佃煮の他にも、おでん種、明太子、塩辛、まぐろのさく、あんパン、おかき

……。

「ばあちゃん、どうすんの、こんなにいっぱい」

本来の目的通り、用意よくエコバッグや銀色の保冷バッグまで出して荷物持ちを手伝う寛太が、不服そうというわけでもなく、単純に疑問といったふうに訊く。「いいの？」

「いいのいいの。せっかく来たんだから。ご近所へお土産。もちろん寛太の家にも、たくさんあげるよ」

と、おばあちゃん。

「あとは、お彼岸も近いし。お仏壇にでも供えるかね」

ということらしい。

二時に近づくと、もう閉まった店も多くなって来た。最初に待ち合わせた本願寺のそばに出て、大通りを銀座のほうへ少し歩けば、そこがほとんど場外市場のはずれに当たる。途中のお店で買ったエリアマップによれば、そういう区分のようだった。

「あそこで休んで、それで帰ろうか」

おばあちゃんが海苔店の隣にあるお茶屋さんを指し示した。

のれんが風に揺れている。中に入り、小さなお菓子のついたお茶をそれぞれ注文した。パリにも支店を出しているというお店らしい。テーブルに届いた煎茶で口をしめらせたおばあちゃんは、

「おいしし」

とひとりごちると、まるでお江戸の景色でも見るみたいに、開け放たれたドアの向こう、車

の流れる大通りの景色に目を細めている。

　平成の通りに、江戸の人たちが行き交う姿を寿々もふと目にする。

3

　ＢＳの新番組の打ち合わせと、番宣の取材が入るようになり、寿々はこれまでより少し忙しくなった。

　一月に受けた気象予報士試験の合格発表が十日ほど前にあり、予想通り今回もまた残念な結果だったけれど、さすがに半年ごとに豪華な残念会を開いてくれるほど、〈オフィスいつき〉も親切、太っ腹ではなかったようだ。

「そ、残念だったね。また頑張って」

　取材を受けるついでに立ち寄った事務所で、寿々があらためて不合格の報告をすると、いつき社長は意外なほどあっさりと言った。そのまま社長室を出ていいものかどうか、一瞬戸惑うくらいにさらっとした口ぶりだった。

　一緒に社長室を出た伊吹副社長が、

「それより、すずちゃん。江戸文化歴史検定っていうのもあるみたいだよ。どう？　一回受けてみたら？」

　と勧めてくれる。副社長のデスクに呼ばれ、案内サイトをプリントアウトしたような紙を手渡された。

「これは……両方受けたら、っていう意味ですか？　それとも、気象予報士の試験は、もうあきらめたほうがいいとか……」

すでに険しい表情になっていたのだろう。

寿々の顔を見て、たぬき顔の副社長は、

「いやいやいや、そういうマイナスの話ではまったくないから。すずちゃん、君、感情が顔に出すぎだって」

明らかに慌てた声で言い、それから、自分が大きくひと息つくと、

「リラックス、リラックス。ほら、気持ちを大きく持って。全部の仕事が楽しくて、うまく行くから」

マインドコントロールでもするみたいに、今度はゆっくりと言った。


別れた恋人からメールが届いたのは、その帰りだった。

最近ようやく、忘れた、と思うことが多くなっていたのに。

電車の中でメールを受信して、寿々はついぼんやり見入ってしまった。

一方的な理由で相手が去ってから、一年二ヵ月。まったく予想外の連絡だったし、文面も寿々の常識では、まずありえないものだった。

『寿々、元気？　最近なにしてる？』

そんなメールだった。

ふう、とため息をつく。

なにしてるって訊かれてもなあ。

訊かれてもなあ。

仕事！

と打ち返したい気持ちがむっくり起き上がるのを、ないない、ない、と急いで寝かしつける。

うっかり返信なんかして、さらに返事をもらっても困る。

迷惑だなあ、これ。

迷惑だなあ、と寿々はそのメールをしみじみ眺め、やっぱり迷惑メールのフォルダに入れておくことにした。

4

「寿々」

さかいやの前には、寛太がいた。迷惑メールの件を引きずって、険しい顔で歩いていなかっただろうか。

気をつけて笑顔を向ける。

「寛太、今日はちゃんと仕事してんの？　りくちゃんは？」

「陸夫はよそでバイト。やっぱり外貨も稼いでもらわないと」

「そっか、偉いね」

「それより、寿々、ちょっと」

ネットであらぬ仲を噂されたことへの配慮はもうすっかりなくなったのか、以前通りの気安さで、寛太は寿々を店内へ招き入れた。「寄って行きなよ」

もちろんそのほうが、寿々だって気持ちは楽だ。真冬の頃みたいに、家までの「あと少し」が寒くてつらい、一瞬でもいいからさかいやの中で暖まって、という時季ではなかったけれど、よい季節にのんびり寄り道するのも、もちろんいいものだった。

寿々に椅子を勧めると、寛太は飲み物を取りに行った。また賞味期限のあやしそうな、コーヒー飲料のミニ缶を取って戻ると、ちらっと寿々のネイルに視線をやり、プルタブを開けてから缶を差し出した。

「ありがとう」

「なあ、今の俺、なんか本当のマネージャーみたいじゃなかった?」

プシュッ、と缶を開けるときの指先の小さな動きを、顔の横でリピートして、寛太は得意そうに言った。「もう俺さあ、寿々のマネージャーになろうかな。どう?」

「マネージャー?」

寿々は飲料を口に運びかけていた手を止めると、寛太の表情を読みながら身構えた。「なんで?　まさか。ひ、ひもになる気?」

「ひも?　なんだよ、それ。人聞き悪いなあ。俺は寿々の力になれたらって思ったのに」

「あ、ごめん」

寿々は笑い、ようやく缶に口をつけた。「でも、いるし。マネージャー」

「そっか、じゃあいいや」

と寛太は笑った。「いるか、マネージャー。そうだよな、じゃあ、いらねえよな」

軽く冗談めかしたけれど、本当は寛太も少し、外貨を稼ぎたくなったのかもしれない。


「寿々、寿々、食べてみて」

帰ると、おばあちゃんがすぐにおやつを用意してくれた。

皮付きのまま、オーブンで丸ごと焼いたポテトだった。

二ミリ幅くらいの細い切れ目が入っていて、かたちとしては、下の一面がつながったポテトチップみたいなものだったけれど、揚げていないぶん、低カロリーでヘルシーなのだろう。

一瞬松ぼっくりか、提灯（ちょうちん）のお化けを模したフィギュアみたいに見えなくもない。

「ハッセル……バック……ポテト。っていうんだってさ。これ。スエーデン料理だって」

おばあちゃんがメモを読みながら言った。

「へえ」

「流行（はや）ってるんだってよ」

「そうなんだ、どこで」

「さあ、ばあちゃんの見てるところにそう書いてあった」

こういうときの飲み物は、やっぱりコーラーだろ、とグラスを置き、食べて食べて、と勧める。おばあちゃんに見守られながら、寿々はポテトを口にした。

　オリーブオイルとローズマリー、あとは塩こしょうの素朴な味が、かりっとしたポテトによく合っている。

「美味しい。かりかりだね」

　フォークで運んだ一枚ぶんを食べ終えると、すぐに次の一枚を切り離したくなった。

「そうかい。よかった。かりかりになるように、おばあちゃん流で、切れ目を細くしてみたんだよ。ほんとはもうちょっと太いみたいだね。レシピだと、三ミリって」

「へえ。すごいなあ、おばあちゃんは」

　しゅわしゅわのコーラーを一口飲んでから、寿々は素直に感心して言った。「そういうちょっとした工夫が、いっつもハマるもんね」

「ハマる?」

「うーんと、効果的?」

「ああ、ハマるね」

　おばあちゃんは嬉しそうに言うと、自分の湯飲みにお湯を注ぎ、いつものメカブ茶をいれた。ずるる、ずる、とおいしそうに飲む。

「……少しは寛太にもあったらいいのに、そういう力」

「そう?　どうして?」

　おばあちゃんが不思議そうに言った。おばあちゃんには、寛太がいつも文句のない、頼れる男に見えているのかもしれない。

「なんか、さかいやの経営、もっと上手くやりたいらしいよ。いつも、いろいろ考えてるんだって」

　寿々は、ぶなんな答え方をした。よその家の事情を、あまり勝手に話してもいけない。

「へえ、そうなの」

　おばあちゃんがにこにこと言った。そうなの、ともう一回。「寿々。心配かい？　寛太のこと」

「心配……？　っていうわけではないけど、どうして？」

「ほら。心配ってのは、それは惚れたってことじゃないかねえ」

「惚れた？　誰に？　寛太に？」

　寿々は首をかしげた。わざわざ胸に手を当てる必要もない。おばあちゃんのとんでもない攻撃に、心臓はまったくどきりともしなかった。「うーん、違うよ。私が心配だとしたら、寛太じゃなくて、さかいやが潰れることかも」

「そう言わないで。じーっとよく見てごらん。今度。一回でいいから。寛太の顔を、じっーっと」

「寛太を？　じーっと」

「そう」

　メカブ茶を飲みながら、おばあちゃんは言う。「見たら、きっと寛太のいいところがわかるから」

「おばあちゃん、なんか私に暗示かけようとしてない？」

「してないさあ」

と、おばあちゃんは空とぼけた顔をして言った。


この三月、寿々は本当におばあちゃんとよく出かけた。

何度も一緒に出かけた三月だった。

お花見にもおばあちゃんと行った。夕方からいつもの仲間、寛太や夕樹やトビ丸たちとも約束していたけれど、桜の開花具合と天気の都合でうまく週末に、というわけにもいかず、それだと早寝の寿々はあまり長居ができない。せっかくのお花見日和だったし、もっと早い時刻からおばあちゃんを誘って、一緒に川べりの桜を見て歩くことにしたのだった。

「あらいいね、じゃあ、やっぱりふたりで振り袖着て行こうかね。浮世絵の娘たちみたいに。久しぶりだわ、振り袖。五十……六十年ぶりかねえ」

「おばあちゃん」

「うそだよ、でもちょっとだけ待ってて。今、しいたけ髱（たぼ）にして来るからさ」

表参道の美術館で得た知識（奥女中の髪型は、丸いしいたけ髱）を、さっそく取り入れたおばあちゃんの軽口に笑い、ただのご近所散歩よりは心持ち丁寧にふたりともメイクすると、いそいそと家を出た。

あのいつもの隅田川べりに出れば、この時期、もうたっぷりと桜が見られるのだった。それこそ浮世絵にも描かれている、江戸からの変わらない景色だった。

「長命寺さんの桜餅を買って行こうね」

これもまた、当然のこと、といったふうにおばあちゃんが言った。

三百年近くつづくという地元の名物は、実際のところ、お江戸の花見にも欠かせないものだったらしい。

塩漬けの大きな桜の葉三枚でしっかり包まれた桜餅は、そもそも関東の桜餅の発祥、基本的なかたちとなったもののはずだけれど、餡を小麦粉の皮でくるむというスタイルながら、今では一般によそで買うものよりも、中の餡はすっと細長く、皮も白っぽくて独特に見える。

葉を全部取って食べることを勧められるのも、ここならではというお菓子だった。

道路脇にぽつんと一軒建つ素朴な印象のお店で、歴史のある和菓子を買うのが楽しかった。

あとで合流するみんなのためにもひと箱買い、自分たちのぶんはバラでもらう。

花は、あと少しで満開だった。

川べりの土手にある道へ、外側から覆い被さるように桜の枝がずっと伸びている。

川向こうも同じ景色で、日が落ちれば、連なる提灯に火がともるのだろう。たっぷり広い川を船が行く。あちらを見、こちらを窺い、たびたび桜を見上げながら、寿々たちは川べりの道をゆっくり歩いた。

そのお花見にぴったりの道は、地元の人たちによく管理されていて、やがて浅草に近いあたりに売店を設え、その利用客用にござとテーブルを何列かにわたって並べている他は、どこも勝手な宴会はできないようになっていた。

売店では、焼き鳥を焼き、おでんやお酒を売り、パック詰めした枝豆、いなり寿司……といった軽食やおつまみを扱っている。寿々はおばあちゃんとそこで味噌田楽と、あとは甘酒を買い、時間も早いおかげだろう、まだ込み合っていないござに腰を下ろした。

「本当にきれいだねえ。桜は。どこで見ても」

持ち込み禁止、の小さな張り紙は見なかったことにして、おばあちゃんが味噌田楽のお皿と一緒に、長命寺の桜餅をこそっとテーブルに並べている。

「いつ見ても。やっぱりきれいだねえ、桜は。毎年そう思うよ」

おばあちゃんが桜を見上げ、しみじみと言った。

第八話　川の景色

1

江島プロデューサーの手がけるＢＳの新番組「大江戸もりもり、夢味夢散歩」は、四月の第二週に第一回の本放送を迎え、寿々はぶじ「お江戸ガール（見習い）」としてコーナー出演した。

ちょうど江戸の暮らしや食べ物に興味を持ち始めたばかり、まだまだ知識の足りないぶん、とんちんかんな質問や、驚くべき勘違いなどを披露するのもご愛敬(あいきょう)。指南役の「先生」こと、都内私立大、民俗学が専門の相羽史郎(あいばしろう)先生と一緒にお江戸の名所を歩きながら、歴史を知り、おいしいものを食べ、基本的には、女子目線の素直な感想を述べてレポートする。それが寿々の役回りだった。

「とにかく、寿々ちゃんらしさが出ていればいいから。無理はしないで」

最初に江島さんから繰り返し説明を受けていたおかげもあったのだろう、初回にしては、寿々はずいぶんのびのびと自分を表現することができたように思う。

一緒にロケに出た担当ディレクターが、案内役の先生にはもちろん、下っ端レポーターの寿々に対しても、とてもやさしく接してくれたし、少しのミスや段取りの間違いなんかくらいでは、

「よーし、大丈夫、もう一回行こう！」

なんて大きく笑っているような人だったから、その点でもロケはやりやすかった。

同行の先生も、ちょっと広めのおでこの上に、きれいな白髪をなでつけ、後ろ髪をひとつに結んだひょうひょうとした雰囲気のおじさまで、たまに真面目な顔でさらっと冗談を言うのも（これは最初、笑っていいのかどうか少し迷ったけれど）楽しかった。

そしてもう一つ、最初のロケ先が駒形の鰻（うなぎ）屋さんというのも心強かった。

以前、おばあちゃんや寛太と行った駒形どぜうのすぐ近く、それもここ最近の寿々には馴染（なじ）みの深い、隅田川沿いのお店だからなおさらだった。お店の名前は前から聞いたことがあったけれど、はっきりとした場所は知らずに、へえ、ここだったのか、と寿々は思った。

駒形橋から川の下流を眺め、すぐ右手にその老舗はある。

「わ、あんなに川のそばにお店があったんですね」

このあたりをぷらぷら散歩することも多い寿々が、そのくせはじめて目にしたお店を指差すと、

「そうですよ！　ここらへんは江戸の頃には大川って呼ばれてたんですけど、その川の真ん前にあるお店だから、前川（まえかわ）っていう屋号になったんですから。当時とは少し場所が変わっている

そうですけど、以前は陸と川、両側にお店の入口があって、柳橋で遊んだあと、そのまま舟で直接来るのが粋だなんて言われたそうですよ。だいたい江戸時代は、今みたいに隅田川に橋もたくさんかかっていませんからね」

柳橋というのは、神田川と隅田川が合わさる近くにあって、ずいぶん栄えた花街ということだった。

そんな相羽先生のレクチャーを受けながら、昭和になってできたという駒形橋を下りて、約二百年もつづく老舗の鰻店を目指す。

そのお店、「前川」の二階座敷からの眺めは、まさに絶景というほかなかった。

開け放たれた障子の向こう、ちょうどよい気候の夕方ということもあって、サッシ窓も大きく開けられ、そこからたっぷんたっぷんとゆるやかに流れる隅田川と、水色のアーチを描く駒形橋、さらにお馴染み、向こう岸のビール会社の金色の雲形オブジェと金色のビル、天に向かって立派にそびえ立ちながら、どこか繊細な江戸切り子を思わせる東京スカイツリーが見える。

そこに水上バスが行き交い、川からの風がさわさわ、さわさわと頬に当たるのだから、お江戸の味を楽しむ上での風情は申し分なかった。ほどなく日が落ちると、橋やスカイツリー、ビルなんかがそれぞれにライトアップされ、明かりの灯(とも)った屋形船がゆるりと通る。それはまた一段ときれいだった。

江戸前のはじまりは鰻で、当時は目の前の川でも鰻がたくさん捕れたそうだから、値段も手頃、とにかく江戸の庶民に愛される食べ物になったという話だった。

「特にここ、前川は、こんなふうに川の真ん前ですからね。活きのいい鰻をさばいては焼き、さばいては焼き、と大人気のお店になったわけですね」

と先生が言う。

もとは大川端で川魚の問屋をはじめたという初代が、機を見て商売替えをしたそうで、よほどその才があった人なのだろう。

江戸ならではの鰻の調理法といえば、よく知られているように、腹の側からさばく関西とは違い、背からさばくのがひとつ。そしてもうひとつは、串を打ってから、タレをつけて焼く前に一度せいろで蒸すことだった。

「江戸は武家社会で切腹を嫌った、という説をよく聞きますけれど、じつはそれだけではなくて、調理法の加減も大きかったみたいですよ。つまり一度蒸すのには、柔らかい腹側から裂いてあると串が外れやすい、だから背開きで、ということですね。そもそも蒸してから焼くようになったのも、関西の鰻より、関東のもののほうが泥臭(どろくさ)かったせいと聞きます」

そういえば同じような話を、プロデューサーの江島さんとはじめて行った名店、弁天山美家古寿司の五代目からも寿々は聞いた覚えがあった。関東の平野部でとれる鰻は、泥臭くて蒸す必要があったと。そして江戸の料理は、とにかく濃口醤油(しょうゆ)ができてからの文化だと。

「でもそのおかげで、江戸前の鰻の蒲焼(かばや)きが、今のかたちに完成して、香ばしくてふんわり、あまりのおいしさに、みんながこぞって食べたわけですね」

先生は楽しそうに言う。「食べすぎて、ついには、どんどん鰻をよそから持って来ないと足りなくなっちゃったんですからね」

「食べ尽くしちゃったんですか、江戸前の鰻。みんなで」

「ま、そういうことですね」

　妻帯しない男衆が町にあふれて、夜ごと屋台の美味しいものを食べている。うなぎ、すし、そば、てんぷら……。あまり煮炊きもできない長屋暮らしで、喧嘩(けんか)っぱやくて、宵越しの銭は持たない。町が発展して仕事が増え、当時の江戸には男の数が圧倒的に多かったと前に聞いたせいだろう、そんな江戸っ子たちの様子を、寿々はふんわり勝手に思い浮かべた。

　待望のお重が届き、先生が蓋を開くと、いい色に焼き上がった鰻が三枚、縦にびっしり、隙間なく並んでいる。

　先生につづき、寿々も蓋を開くと、

「わー、いい香り」

　思わず叫ぶ。箸を取り、老舗が伝える江戸の味をさっそく口に運んだ。

　タレが思ったよりも甘くなくて、さらっとしている。

　鰻の身はそんなに分厚いわけではないのに、ほっこりして、外側の香ばしさが、やわらかいご飯の甘さとよく調和している。このお重に使われた、坂東太郎(ばんどうたろう)、という鰻は、老舗が長くこだわってきた天然ものに近い味わいを持つらしい。

「これは……おいしい。うん、食べ尽くしますよ！　これは。こんなにおいしいもの」

　寿々はにっこりと笑って言った。

そのロケのＶＴＲが流れたスタジオでの収録後、江島プロデューサーが近寄って来て、

「寿々ちゃん、よかった～」

わざわざ手を取って褒めてくれた。「食べ尽くしますよ！　ってあなた、あれはなかなか言えませんよ。私の見込んだとおりだった。さすが」

「そうですか？　自分ではダメなところがあれこれ気になったんですけど……じゃあほっとしました。ありがとうございます」

手をきつく握られて照れつつも、寿々は高評価を素直に喜んだ。江島さんはそうやって、人にやる気を出させてくれるタイプなのかもしれない。

「うん、よかったよ。おすずちゃん、あんた、できるねえ」

スタジオでの司会進行役をつとめる往年の時代劇スター（らしい）、髪を黒々と染めた大田黒伊知郎まで、わざわざ寿々に声をかけてくれた。

江島さんとのやり取りを聞いてのことには違いないけれど、それでも凄いことだ。

彼と一緒の収録があると知って、時代劇好きなおばあちゃんは、家で歓喜の声を上げたくらいだった。

「寿々、もし伊知様と親しく話せるようになったら、同居人の若い娘がサインをほしがっていると伝えておくれよ、必ずだよ」

「同居人の、若い娘？」

「そこはまあ、あんたにまかせるからさ。ほしいわあ、伊知様のサイン。でも、もちろん無理はしないことよ」

目をきらきら輝かせていたおばあちゃんの願いも、案外そう遠くない未来にはかなえられるのかもしれない。

2

「ねえ、寛太さあ、私いいこと考えたんだけど」

寿々のほうからさかいや酒店に立ち寄ったのは、相変わらず寛太がひとりで店番をしているのが見えたからだった。

「なに」

と、暇そうで眠そうな寛太が言う。

「このへん、お年寄りが多く住んでるから、細かくいろいろ配達したら？　うちのおばあちゃんみたいな外出好きはいいけど、いちいち出歩くのが面倒って人もいるでしょ」

「配達か」

「そ。大口じゃなくても、電話をもらったら、すぐに。フットワーク軽く」

うんうん、うんうん、とうなずいた寛太が、

「やってる、それ」

と答えた。「家にも届けるし、自治会の会合とか、あとどっかの球技大会とかで、グラウン

ドまで飲み物運んだら、ついでに助っ人でゲームに参加したりもするよ」

「それは……仕事のふりして、じつは遊んでない？」

「いやいや、いやいやいや、それも営業だって。頼まれたら、配達のついでに、セブンやぱくぱくでお弁当買ってくことだってあるんだぜ、カラオケで一曲歌ったり」

「そっか、それはちょっと大変だね」

「だろ。なのに源兄は、とにかく俺が遊んでるって」

と口にして、愚痴っぽいと反省したのか、寛太はにやりと笑った。いつも通り、奥の冷蔵庫から、寿々に売り物のミニ缶をひとつ取ってきてくれる。

本当はこの時間を見計らって、お店にいるようにしているのではないだろうか。急にそう思った。誰かとちょっと世間話でもしたくて、寿々の帰りを待っているところもあるのかもしれない。源兄は大口の配達、陸夫君はもう、美大の授業がはじまっているということだった。

「でもこうやって、店の中をのぞくと必ず誰かがいる、っていうのも大事なんだってよ。昔、母ちゃんが言ってたよ」

寛太はサイダーのミニ缶を、もう慣れた調子でプルトップまで開けると、

「はい」

と寿々に差し出した。

「へえ、お母さんが」

ありがとう、と受け取って、寿々は缶に口をつけた。寿々のマネージャーになろうか、なん

て甘い提案を、今日は寛太が口にしないようでほっとした。かわりに、がらんとした店内をゆっくり見回した寛太は、

「うちは父ちゃんがギャンブル好きでだらしなかったからさ。かわりに母ちゃんが仕事も張り切ってて」

　と言ってから、慌てて寿々のほうを見た。「あ、俺、マザコンとかそういうんじゃないからな。誤解すんなよ」

「全然、そんなこと言ってないよ。言ってないし思ってない」

「そうだな。言ってないな。ごめん。ならいいや」

　でもそういえば、老舗「弁松総本店」のお弁当について前に訊ねたときも、亡くなったお母さんがよく買って来ただけで、自分たちだけでは全然買わないな、なんて言っていた。

　しょっぱくて、甘くて、豆のきんとんがどっさり入っていて。あのぎっしりしたお弁当、たまに食べたくなる、と懐かしそうだった。

　今度、日本橋に寄ったついでに買って、差し入れてもいいなとちょっと思う。

　なんだかんだ言っても、おばあちゃんも自分も、寛太には普段からだいぶ世話になっていると思った。

「ねえ、このお店、陸夫くんがもっと手伝ったら少し流行るんじゃないかな。若いイケメン店員がいるご近所酒店」

　余計なお世話を承知で提案すると、

「イケメンか？　陸夫が？　え、俺じゃなくて？」

寛太が自分の分厚い胸を、親指で指し示している。

「おしゃれな美大生なんだから、思い切ってお店の内装なんかも、陸夫君の好みにまかせちゃったらどうだろう」

「無視かよ」

と寛太。首を小さく横に振ると、

「いいや。俺はこれだから。グリーンジャンボ」

まるで手品みたいに、宝くじを一枚、どこかからぺらりと取り出した。「抽選あったんだ」

「え、もしかして当たった？」

「おう」

「いくら？」

「それがさあ」

「わかった。また三〇〇円でしょ？」

「……正解」

だめかあ、と寿々は笑った。

3

寿々の父親は兄弟のうち、ただ一人、生まれ育った茨城県真壁郡（現・桜川市）真壁町を出て東京で学び、そのままこちらで就職した人だった。

もともと勉強好きで、真面目なところがあるのだろう。

寿々が出演したBSの江戸番組が放送されると、次回からのためにと素直に考えてのことか、
それとも本当は娘の不勉強ぶりに胸を痛めたのか、

〈寿々ちゃんへ。なにかの参考になりましたら。父より〉

と一筆箋にしたため、また古本ばかり何冊も送ってくれた。

タイトルをざっと見れば、江戸、江戸、江戸、たべもの、歳時記、江戸前、東京、志にせ、
などなど。

いや、たくさん過ぎて読めない。

毎朝早いし。お天気のこともやっぱり勉強しないといけないし。

それに、なんか古本は読みづらいし、ちょっと痒い気がするときだってあるし、と寿々は小包を開けて、しばらく考えていた。


今日は番組のあと、局でなにも口に入れずに、そのまま寄り道もせずに帰ったから、いつものおやつよりもうちょっとご飯ぽいのがいいな、と寿々が頼むと、おばあちゃんはささっと用意してくれた。

お茶碗(ちゃわん)海苔(のり)弁(べん)と、がんもの煮付け、タコとセロリと大根のサラダ、それと玉子焼き。

「わーい、いただきます」

さっそく食べ始めた孫娘を、おばあちゃんが目を細めて見ている。

お茶碗の中で、海苔、おかか、ご飯、海苔、おかか、ご飯と三層×二重になっているのがおばあちゃん流のお茶碗海苔弁。しゃきしゃき大根とセロリ、タコがレモンの酸味であえてあるサラダ、おばあちゃんのブランチの残りらしいがんもの煮付けも、ふんわり玉子焼きもおいしい。

寿々が満足の食事を終えてひと息つくと、

「寿々、こんなこと、言っていいのかどうか」

お茶のおかわりをいれてくれたおばあちゃんが、こほんと咳払い(せきばらい)をして言った。「おばあちゃん、じつはこの前見ちゃったんだ」

「なにを」

寿々は身構えた。湯飲み茶碗に口をつけて、食卓に置く。「……待って。知ってるよね、おばあちゃん。私、メンタルがすごく弱いからね。それで、明日も朝早くから仕事だよ。休みじゃないよ」

寿々がいつもの予防線を張っているあいだ、おばあちゃんは小さく二回うなずき、それから見えない針と糸で、自分の唇を縫う、といったジェスチャーをしていた。

「で、なに。なにを見たの」

寿々が自分から訊(き)く頃には、もうおばあちゃんの口はすっかり縫い付けられ、少しも開かなくなっているようだった。

「いいから、言って。そこまで言ってやめられるのも、気になるし」

寿々は仕方なく、おばあちゃんが口を縫った糸を、自分の指二本のハサミでぱちんと切り離した。

「いいかい、言って」

おばあちゃんは、ふっと笑うと、メカブ茶を一口飲んでから言った。「じつはこの前、寛太を見たんだよ」

「寛太？　うん。私もほとんど毎日見るよ」

「ちゃんとお聞きよ。一人じゃないんだから。寛太、女の人と」

「女の人？」

寿々はそれほど考えずに言った。「あ、わかった。どっかのおばあちゃんの荷物でも持ってあげてたんでしょ」

配達先で頼まれると、便利屋さんみたいなこともしていると聞いたばかりだった。どうせそんな話だろうと高をくくると、寿々の問いかけに、ううん、違う、とおばあちゃんは目を伏せた。

「それがね、可愛（かわい）い子供を連れた若い女の人と、寛太もべつの子供連れてね」

「子供が、ふたり？　どこで」

「川っぺりを、仲良く歩いてたんだよね」

「いつ」

おばあちゃんは考えて、日にちを言った。

「へえ、なんだろう。子供のいる人……まさか不倫？」

寿々が言うと、おばあちゃんは視線を向け、

「あんたが冷たくするから」

ぼそっと言った。

「べつに冷たくなんかしてないけど」

「じゃあ、ちゃんと見たのかい、寛太のこと。一回はじっと見るように、おばあちゃん、言っただろ」

「それもしてないけど」

「まあ、寿々がいいなら、それでもいいけどね」

と、おばあちゃんはため息まじりに言う。

もちろん、そう言われたからといって、急に寛太のことが惜しくなったり、心がもやもやしたり……するわけでもない。

「でも誰だろう、女の人……。子供がいる？　寛太が？」

なんとなく寿々がひとりごちると、おばあちゃんはその小さな声をしっかり聞き逃さなかったようだ。

目を大きく見開き、まるで周囲の誰かに触れ回ろうとするみたいに、ひとりにまにま、にまにまと笑っていた。

「来月は赤穂浪士に関係した場所を紹介するって、私のロケで」

それからＢＳの番組について、寿々が決まった予定を伝えると、おばあちゃんは、

「へえ、泉岳寺？」

「そう、あと両国の……」

「吉良邸だろ」

と、それは興味深そうに言った。

「おばあちゃん、詳しいね」

「赤穂浪士ならまかせておくれよ」

前に訊いたときは（あれは事務所主催の残念会で「笹乃雪」に行く前だっただろうか）、時は元禄十五年、フナじゃフナじゃフナ侍じゃ、とおばあちゃんが突然のお芝居をはじめて、寿々は大笑いしたのだった。

またあのお芝居を観られるのかと思ってわくわく待つと、

「あれだね、右は高輪泉岳寺～四十七士の墓どころ～ってやつだね」

おばあちゃんは、おかしなリズムで歌うように言った。

「え、なに、おばあちゃん、それ？」

「あ？　知らないかい？　テツドーショーカだよ」

「水曜どうでしょう？」

「水曜？　なにがだい」

今度はおばあちゃんが首をひねった。週はまだ明けたばかりだった。「そうじゃなくて、汽笛一声～新橋を～はや我（わが）汽車は～離れたり」

「いやいや、それ、全然わかんない。古文？」

寿々は自分のまったく知らないことを、おばあちゃんがすらすら口にしているのが不思議で、でも一方では、その状況が妙におかしかった。

ゆっくり説明を聞き、ようやく鉄道＋唱歌、鉄道唱歌の歌詞だと理解をする。というか、歌だったのか。

「そう言ってるじゃないか、ずっと。そういう歌があったのさ。新橋から出発して、東海道線から見える景色を歌にしてあるのさ」

「へえ、もう一回ちゃんと歌って」

寿々が頼むと、おばあちゃんがうなずいた。

〈汽笛一声新橋を
　はや我汽車は離れたり
　愛宕（あたご）の山に入りのこる
　月を旅路の友として〉

きれいに一番を歌うおばあちゃんに、寿々は拍手をした。ゆっくり歌詞をかみしめれば、完全に、ではないけれど、だいたい意味はわかる気がした。

「それで泉岳寺は、なにって？」
「泉岳寺が出てくるのは二番だね」
と、おばあちゃん。つづけて、高い声で歌う。
〈右は高輪泉岳寺
四十七士の墓どころ
雪は消えても消えのこる
名は千載の後までも〉
「へえ、そういう歌かあ」
せんざい、の字と意味がはっきりとはわからなかったけれど、たぶん、長く、という意味だろうと寿々は推測した。
そして赤穂浪士討ち入りの前夜が大雪だったのは、十二月のお天気コーナー、定番の話題だった。もっとも、定番とはいっても、寿々が番組で口にしたのは、まだ去年と一昨年、二回だけだったけれども。
「つぎは？　高輪泉岳寺のあとはなにが見えるの」
訊くと、さすがにおばあちゃんも、
「さあ。全部覚えてるわけじゃないからね。三島は近年ひらけたる〜っていうのがあった気がするね」
案外あっさり知識の終了を告げると、

「泉岳寺から三島じゃ、ずいぶん間があくね」

とおどけたふうに言い、小さく舌を出した。

4

さかいやにはそれからもなんとなく毎日寄ったけれど、子供連れだったという寛太の相手が誰なのか、寿々はべつに訊かなかった。

本当は一度さらっと訊こうとしたら、ちょうど寛太のスマホが鳴って、なんだかタイミングを外されてしまったのだった。

「あれ、なんか今俺に訊いた?」

という寛太の妙に余裕ある口ぶりにも、ちょっと癪(しゃく)に障るものがあった。そのへんは嫉妬云々(うんぬん)ではなくて、お互いの子供の頃を知る、幼なじみらしい感情だったかもしれない。

それにもし本当に不倫だったら、と思うと、安易に訊かないほうがいいような気もする。

というか、簡単には訊けない。

もちろん一方では、

『寿々、元気? 最近なにしてる?』

いきなりメールを寄越した元婚約者のこともあって、寿々の心には、さざ波が立っていた。

しっかりと完全無視したのに、プライドの高い人が、そのあとも二通メールを送って来ていた。

『ねえ、読んでくれた？』

『メール届いてる？』

の二通だった。

中二日ほどでぽつぽつ来たその文面が、本当に怪しい迷惑メールみたいでびっくりした。このまま待っていると、どうして返事くれないの、とか、なんでこのチャンスを無駄にするの、とか、百万円いらないの？　とか、そういうふうにしつこくつづくのではないだろうか。

本当にそんな定番の迷惑メールみたいで、逆についしっかりと差し出し人を確認してしまった。

せっかく忘れていたのに。

ふいに存在を思い返しても、ようやく胸が痛くならなくなっていたのに。

どうして今になって連絡なんかしてくるのだろう。

寿々はいよいよその人からのメールを見なくても済むように、自動で迷惑フォルダに振り分けられるように設定した。

つまりその二通をもらうまでは、念のため、内容の確認をしてから自分でフォルダに移していたのだった。

……まだなにか未練があったのだろうか。

「トビたん～、お姉ちゃんばっかりじゃなくて、寿々とも遊んで」

完全オフになった週末の午後、寿々のほうから地元の友、夕樹に連絡をすると、ちょうど川べりで愛犬トビ丸を散歩させるところだというから落ち合った。

愛犬と一緒にいることばかりを好む不思議な友人だった。ピンクのハーネスをつけた白いマルチーズのほうも、たった、たった、と走りかけては、すぐに夕樹の足にすがりついて、お願いします、お願いします、とばかりに、そのまま抱っこしてもらおうとしている。

「だめー。もうちょっと走って」

真ん丸の黒目と黒い鼻、ちょこんと小さく赤い舌を出したトビ丸は、もともとそんなに散歩好きなタイプではない。それよりは家で一番の仲良し、夕樹にとにかくべたべたとくっついていたいらしかった。

「よし、トビたん、寿々ちゃんと走って」

結構可愛いのに、犬バカで残念、と寛太にまで言われている夕樹は、ハーネスのひもを寿々に渡すと、白い一眼レフのカメラを構えた。

寿々と走る様子を撮影したいらしい。

「行くよ、トビたん」

春のいい天気だ。寿々は川べりのテラスを、トビ丸と一緒に走った。寿々の足に合わせ、トビ丸は離れるでもなく、もう動きたくないと引っ張るでもなく、とことこ、とことことくっついて走る。見上げた顔が可愛い。それはただひとり川べりをぷらぷら散歩するのとは違う楽しさがあり、寿々は今日来てよかったとあらためて思った。

夕樹も、可愛い子の写真を撮りまくれて満足そうだ。

「おばあちゃんがおやつ作ってくれたから、食べようよ」

満足した寿々はベンチに腰を下ろして、用意して来たバッグを開けた。スティック状のトーストに、いろいろトッピングがしてある。

スライスしたゆで玉子にマヨネーズをちょんとのせ、パセリを散らしたもの。ピーマンとミニトマトとツナ。ジャムとマスカルポーネとレーズン。バナナとハチミツとくるみ。ハムチーズとケチャップのバジルがけ。どれも一口サイズに小さく重ねてあるトッピングだったから、それをスティックトーストの細長さに合わせて、一列に三つか四つくらい、同じ種類だけを並べて載せてある。それがトッピング違いで何列にもなっていたから、まず見た目がきれい。ずいぶんおしゃれだった。

「可愛い」

と喜んだ夕樹が、

「寿々のおばあちゃんって、女子力、高いよね」

ミニパックのジュースにストローを挿して、感心したように言った。

「そう！　最近ｉＰａｄいじってるせいで、ほんとそうなの」

寿々も同意した。女子力高い、というのが、言われてみるとぴったりな表現だった。

でもなんだかわからない古い歌もうたうから、その両方なのが面白い。

「うちのおばあちゃんは、古い方ばっかりだなあ」

ジュースを飲み、トーストを選びながら夕樹は言った。夕樹の家にはおばあちゃんとお母さん、そして弟がいる。あとは長く居候だった叔父さん、というのは早くに亡くなったお父さんの実弟だったけれど、その人が最近になってお母さんと結婚したそうで、つまり夕樹の義理の父親になった。

というのは仲間内ではちょっとばかり驚かれた話題だったのだけれど、どうせずっとうちにいたから変わらないよ、叔父さんでも父親でも、というのが夕樹本人の感想だった。

そういう周囲のことに動じないところが、夕樹のよさだと寿々は昔から憧れていた。彼女と知り合ったのも、やはり転校して来てすぐの小学四年のときで、お互いもう二十五歳になった。

「そういえば寛太が、不倫してるかもしれないって」

トマトのスティックトーストをひとつ口に放り込んで、寿々は言った。いつどうやって見ても、この川の景色はいいなと思った。

「寛太が不倫?」

「うん。なにか知ってる?」

「知らない」

と夕樹が言う。膝に乗ったトビ丸が、おやつの分け前をもらおうと、夕樹の手と口もとを見ている。でも大人しくしていると、すぐにちゃんともらえると知っているからか、無理に奪い取ろうとしないのがトビ丸の賢いところだった。「誰と?」

「さあ、相手は知らないんだけど、可愛い子供をふたり連れて、一緒に歩いてるのをおばあちゃんが見たって」

「へえ」

「この川っぺりらしいよ」

「ここで散歩？　寛太が？」

夕樹はちょっと不思議そうな顔をした。「そういえば私も、ここで寛太に会ったよ」

「見たの？　夕樹も」

「うん」

「いつ」

「先週かな」

「一緒だ、おばあちゃんと」

「うん」

うなずく夕樹に、トビ丸が抗議のタッチをした。前足で腕に触れて、自分の存在を忘れないで、とアピールしているらしい。夕樹はパンの切れ端の、味のついていないところを少し与えると、

「写真あるよ、その日の」

と脇に置いていた大きなカメラを持ち、メモリーを探った。「夕方、トビたんとお散歩してたら、寛太がワンコ連れて歩いてたの」

「……ワンコ？」

「うん、柴犬。ゆうた。配達先のお客さんに散歩を頼まれたんだって」

寿々はおばあちゃんの口ぶりを思い出した。可愛い子供を連れた女の人と、寛太もべつの子供を連れて、と言ったのではなかったか。もちろん夕樹のこともトビ丸のことも、おばあちゃんはよく知っていたけれど、あの様子では、わざと言い落とした可能性もある。

というより、そもそも可愛い子供と説明した時点で、寿々を騙す気まんまんだろう。

もし、その子供が犬、と仮定すればだけれども。

「一緒に散歩したの？」

「うん、したよ、四人で」

夕樹の四人とは、もちろんトビ丸と自分、寛太と連れの柴犬のことだろうが。こちらもまたちょっとややこしい。

「これ」

ようやくメモリーからその日のシリーズを見つけた夕樹が、モニター画面を寿々に向けた。

まったく不倫の気配のない、楽しそうな寛太の散歩の様子が写っている。

それから少し恋愛の話をした。夕樹とその話をするのは珍しかった。

もっとも夕樹のほうが、

「私はトビたんがいればいい」

と、真っ直ぐに言うばかりなのはいつもと変わらない。かわりに寿々が、元恋人のことを愚痴った。

正直ちょっとそんなことも話したくて、夕樹に連絡をしたのだった。

「なんだと思う？　このメール」

スマホを見せて訊くと、

「あわよくば？」

と夕樹が言った。

「そうだよね」

不思議なほど腑に落ちるものがあり、寿々は大きくうなずいた。

「もしくは、勝手に送ってくるメルマガくらいの意味？」

「なるほどね」

と、これにも感心して笑う。今のところ、だいぶ恋愛から遠い友だちの意見なのに、そのぶんおかしな期待や、駆け引きみたいなものがなくてシンプル。

寿々にとってずいぶん役に立った。

「寿々さあ、寛太にしたら？」

膝に載せたトビ丸の頭をゆるゆる撫でている夕樹が、さらりと言った。トビ丸はひたすらうっとりした顔をしてる。

「なんで」

「だって寛太は、昔から寿々のボディーガードじゃん。転校して来たときから。ずっと」

「そうなんだ、知らなかった」

寿々は首を小さく横に振った。

「合うと思うよ、寛太だったら」

「やー、それ、おばあちゃんも言うんだけど、そうかな」

「だって、こないだも寛太、寿々の話ばっかりだった」

「へえ」

「それとも寿々は、これから派手な人と付き合うのかな」

夕樹はトビ丸の頭に口を近づけ、ぽつり小さく、愛犬にだけ聞かせるように言った。

「派手な人?」

と寿々は聞き返した。聞こえてしまったので仕方がない。

「有名人とか、お金持ちとか」

「あー、そういうのか」

寿々は首を横に振った。「ない。たぶん、そういうのはないと思うな。あんまり知り合わないし、知り合っても、ほぼ話が合わなくて。……私、地味な性格してるから」

こないだも、モデルの奈央にサッカー選手との合コンに急に誘われたけど、朝早いし断った、といった話もする。

夕樹はそれを、へえ、と聞くと、

「性格が地味かは知らないけど、たしかに寿々って、学校のスターみたいな男の子のこと、全然好きにならなかったよね」

と思い出したように言った。「あ、でもキンキが好きだったっけ、むかし」

「うん、王子様はコーちゃんだけ」

「じゃあ将来は、コーちゃんのお嫁さんかもね」

夕樹はどれくらい本気なのか、案外うっとりしたように言うと、

「トビたんはね、剛が好きなんだよ」

「そうなの？」

「うん、本当はENDLICHERI☆ENDLICHERIのファンなんだけどね」

と相当に詮ないことを言う。

「剛じゃなくて、ENDLICHERI☆ENDLICHERIのファンなんだ。トビたん、いいね、結婚するかもね。トビたん、お嫁さん」

まだおばあちゃんちにＫｉｎＫｉ Ｋｉｄｓのポスターを貼りっぱなしの寿々も、相当詮ない話に乗る。と、なんだか自分が褒められたとわかったらしいトビ丸が、そっちに行く、そっちに行く、と一旦夕樹の膝を下り、ハーネスにつながれたまま、寿々の足元に来た。

白いもこもこの子を、えいっと抱き上げる。

大きな一眼レフを構えた夕樹が、トビ丸と寿々をバシャバシャと撮ってくれる。

ブログにいろいろ写真のっけるから、あとでスマホに送ってね、と言って、夕樹、トビ丸と

別れて家に帰った。

さかいやの中には、寛太が見えなかったので素通り。

「おばあちゃん、寛太が一緒に散歩してたのって、夕樹とトビ丸のことでしょ？」

玄関を開け、顔を見るなり言うと、おばあちゃんはべつに気後れした様子もなく、

「そうそう、夕樹ちゃん。あと可愛い白いわんちゃん、トビたんだっけ？　あの子も一緒にね。言ったでしょ」

にこやかに言う。

「言ってない」

寿々は言い返した。

「そう？　言ったでしょう？　寛太が女の人と、川っぺりで犬の散歩してたって。寛太が連れてた犬だって、おばあちゃん、知ってるんだから。あれは、落合（おちあい）さんちの柴犬だよ、ゆうた」

「嘘（うそ）、言わなかったよ」

思い切り口を尖（とが）らせた自分のことがさすがに可笑（おか）しくて、寿々はすぐに笑った。

第九話　昔からつづくもの

1

ＢＳのお江戸番組「大江戸もりもり、夢味夢散歩」、二回目のロケは、予定通り赤穂浪士のゆかりの地めぐりだった。

両国の吉良邸あとの公園は、土蔵めいた白となまこ壁のツートーンの塀に囲われ、裏通りの一角にある。

中には先客もなく、妙にしんとしていた。

あまり広くなく、きれいに舗装された公園のせいもあるのだろう。

入るとまず小さな鳥居と稲荷(いなり)社があり、脇に何本かの赤い幟(のぼり)が立つ。

大名家あとの公園と聞いて、寿々が真っ先に思い浮かべたような、緑にあふれ、池や川の水をたっぷりたたえた景色ではなかった。

塀際にぽつぽつと細い木が植えられ、そのそばに記念碑や案内板らしきものが目につくくらい。

むしろ全体に、すっぺりとした印象の広場だった。

「江戸城での刃傷事件のあと、吉良上野介は前の呉服橋のお屋敷を召し上げられて、かわりにここに移り住んだんですね。そして、一年ちょっとで赤穂浪士の討ち入りに遭ったわけです」

おでこが広く、長い髪をちょこんと後ろで一つに束ねた細身の相羽史郎先生は、目を細め、まるで三百年前の江戸の出来事を、眼前に浮かび上がらせているように言う。

吉良上野介の死後、ほどなくこの地にあった屋敷も幕府に召し上げられたそうだ。そして何代かの持ち主を経て、小さく区分けされてしまった土地の一部を、昭和になってから有志が提供して公園ができたということだった。実際に住んでいた当時と比べると、広さは八十何分の一になっているという。

吉良公の首を義士たちが洗ったという井戸が、隅にぽつんとある。

命を落とした吉良側の家臣たちの名前が刻まれた石碑には、ささやかながら、花やお茶が供えられていた。

そういった一帯のもの悲しさを和らげ、あるいは御霊を少しでも鎮めるためもあるのか、公園は全体に明るいイメージで作られていた。

敷地が舗装されているのもそうだし、塀にはめられたパネルは、どれも銀色に太く縁取られている。四十七士の討ち入りを題材にした「忠臣蔵」のきれいな錦絵。義士たちの署名のレプリカ。当時の吉良邸の見取り図なんかがそこで紹介されていた。

吉良公の座像もまだ真新しい。白木の屋根のかけられた御影石の立派な台に、朱塗りの笏、黒い冠、といった公家装束に身を包んで座っている。相羽先生によれば、吉良上野介が「高家」という、朝廷とのつきあいを司る役職にあったかららしい。

その像を前に、寿々はしばらくの間、彼の側の言い分を思った。

もう一度、深くお辞儀をして、吉良邸あとの公園を出る。


それからせっかくの両国も楽しもうと（もちろん番組内で）、横の佃煮屋さんでお茶をいただき、つづいて江戸時代の与兵衛ずしを再現したメニューを出すという、お寿司屋さんに立ち寄った。

政五ずし、というお店だった。

江戸の技法そのままのにぎりずしを再現して出すようになったのは、数年前、地元のイベントがきっかけだったそうだけれど、両国にあった華屋与兵衛の店が江戸のにぎりずしの発祥ということを思えば、やはりその近くで、昔ながらのにぎりを味わうのは特別だろう。

年輩の大将と女将さんが、手際よく、特別メニュー、与兵衛ずしの支度をしてくれる。お品書きによれば、普段はかなり手頃な値段で（特にランチどきには相当に魅力的な値段で）、ちらしやにぎりを食べさせてくれるお店のようだった。

江戸式を再現した特別メニューも、決して高いわけではない。

にぎりと巻物の載った白い平皿が、どーん、と先生と寿々の前にそれぞれ置かれた。

ネタは鯛の稚魚とこはだ。クルマエビ。玉子焼き。かんぴょう巻き……。マグロのづけと穴子のふたつは、ネタとご飯を江戸時代のサイズに大きくしてあるという。

まず、かんぴょう巻きを一ついただく。

赤酢と塩だけで味付けられたご飯は、ふっくらしている。

大きい、と説明を受けた穴子を食べると、確かにご飯はおにぎりみたいだったけれど、ネタとのバランスはいい。

同じくご飯の大きなづけマグロは、意外にトロっぽいネタの下に、のりが挟まっている。やはり手間をかけ、気が利いている。

エビの下にはでんぶがしかれ、こはだはさくっと歯で嚙み切れる。

大きな玉子焼きは、さかなのすり身と合わせて焼いてあり、外からはわからないくらい、うすくご飯を挟んだ「くらかけ」になっている。

ガリと一緒に奈良漬けが添えてあるのもめずらしい。

「おいしかったです、与兵衛ずし。ごちそうさまでした！」

寿々は心からの笑顔で言うと、そこからロケバスに乗り、いよいよ泉岳寺を目指す。

2

〈右は高輪　泉岳寺～
四十七士の墓どころ～〉
おばあちゃんから教わった鉄道唱歌の、うまく覚えた部分を寿々は鼻唄でうたう。

吉良邸で洗われた首は、泉岳寺に眠る主君、浅野内匠頭のもとへ、義士たちによって運ばれたという。

寿々はのんきに鼻唄なんかうたっていたけれど、じつは今、三百年前の壮絶なコースを辿(たど)っているところなのかもしれない。

「鉄道唱歌、ですか。よく知ってますね、若いのに」

相羽先生が、向こうのシートから、笑顔で話しかけて来た。壮絶なコースも、やはり三百年。時がしっかりと歴史に変えてくれているのだろう。「もしかして、すずちゃん、鉄子さんですか」

「鉄子ではないんですけど」

寿々はさらりと答えた。鉄子、という流行(はや)り言葉を使えたことで、先生はもう満足しているのかもしれない。にんまりしている。「私、おばあちゃん子なんです」

「ほお。いいですね、それは」

と、先生。「おばあちゃん子。すばらしい」

「すずちゃん、さっきの歌、なに？」

前のシートから、ディレクターの橋本(はしもと)さんが振り返った。

「鉄道唱歌……です。泉岳寺が歌詞に出て来るんで」

寿々は先生のほうにも視線をやり、ですよね、と助けを求めるように言った。話を引き継いだ先生から、追加の説明を受けた三十代の橋本ディレクターは、

「ああ、はいはい、知ってます。なんとなく、ですけど」

年齢よりは物知りなのだろう、小刻みにうなずくと、

「泉岳寺の歌か」

と、ひとりごちて前を向き、すぐにまた振り返った。「それいいかも。歌おう、すずちゃん、泉岳寺の前で」

江戸の歌ではないけれど、と尻込みしてもきっと無駄。

そんなことを気にも留めないのが、この番組、ロケ隊のゆるさだった。

なにを思いついたのか、橋本ディレクターはずいぶんにこにこしている。

「あ。モデルのナオちんって、すずさんと事務所いっしょじゃないですか？　オフィスいつき」

そろそろ高輪につこうかという頃、スマホをいじっていたＡＤ君が言った。田島奈央とＪリーガー、小林（こばやし）レオンとの熱愛情報が、流れているらしい。

「友だちですけど……え、知らなかった、いつの間に」

スタッフのスマホを見せてもらい、返してから自分のでもう一度確かめた。

寿々はサッカーに詳しくないので、相手の選手は知らなかったけれど、前にサッカー選手との合コンに誘われ、断ったのを思い出した。

その合コンで親しくなったのだろうか。

とにかくネットのニュースで流れているくらいだから、それなりに話題になっているのだろう。

寛太と「やぶそば」にいたのをSNSでいじられ、ほんの短時間、お江戸ブログが炎上しただけの寿々とは違い、今回の奈央の場合、しばらくばたばた忙しいのだろうか。

落ち着いたらいろいろ訊いてみたい、と泉岳寺へ向かうバスの中で寿々は思っていた。

〈右は高輪　泉岳寺～
四十七士の墓どころ～〉

うたいながら寿々は、泉岳寺の門の前にあらわれた。

「おやおや、なつかしい歌ですねえ」

にこやかに言う解説の相羽先生と、段取り通りに合流。

緑色の瓦ののった小さな門は、中門と呼ばれるもので、今は隣接する八階建てマンション建設反対の看板が、大きく取り付けられている。

そこを抜けると甘味処やお土産屋が三、四軒ほど。やがて右手に大石内蔵助の立像、先に立派な山門が見える。

本堂にお参りしてから、戻って義士たちの埋葬された墓地へ向かった。

途中、こちらにも吉良上野介の首を洗ったという「首洗井戸」があり、浅野内匠頭の血がかかったと伝えられる「血染めの石」「血染めの梅」が切腹の地から移され、立て札つきで残されている。

どちらもそばに、ピンクの花をつけたツツジが植えられていた。

浅野家の上屋敷の裏門を移築したという、義士墓入口の門を抜ける。今度は奥に松、手前にツツジの植え込みが見えた。

花がすっかり開いたツツジの株が二つ、三つほどあり、葉の緑と墓地の灰色が目立つ中、そこだけは、ハッとするほど赤い。

下町のお豆富屋さん「笹乃雪」の娘は、赤穂浪士、まだ二十代半ばだった礒貝十郎左衛門に思いを寄せていたという。

雪道で滑ったところを、礒貝に助けてもらったのがきっかけだとか。

そんなとぼけた恋のはじまりに寿々は親しみを覚え、そこから「江戸」という時代への思いも、一気に身近なものになったのだった。

あの日、気象予報士の試験に落ちた残念会を「笹乃雪」で開いてくれたのは事務所のいつき社長と伊吹副社長で、それからあれよあれよという間に、こうやって四十七士のお墓まで導かれて来たような、不思議な縁を感じた。

義士たちのお墓の並びが示されたパネルを寿々は見つめ、礒貝十郎左衛門の墓の位置を確かめる。

3

伊皿子、と書いて「いさらご」と読む、変わった名の坂道を登る。

もとは同じ字で「いんべいす」と読む中国人が近くに住んでいたらしい。江戸時代はやはり外国の方はめずらしかったのだろうか。八重洲（やえす）には、オランダ人、ヤン・ヨーステンという人が住んでいたと聞いたことがある。

「でも八重洲と、ヤン・ヨーステン、似てないですよね」

寿々の素朴な疑問に、

「ああ、あれは、やよすって呼ばれてたんですよ、もともと」

「そうなんですか」

先生の説明で氷解、納得した。

泉岳寺を出て、またロケをしながら界隈（かいわい）を歩いている。

ゆったりと長い坂をのぼり、左へ曲がると、古くからつづいていそうな、和菓子屋があった。

店内にいた気さくそうなお兄さんに寿々が声をかけると、

「この先、都営住宅のあいだを入って、突き当たりに赤穂浪士切腹の跡地がありますよ」

と親切に教えてくれた。

こちらの和菓子店の創業は大正期で、並びには以前、東宮（とうぐう）御所があったという。

今日の豆大福売り切れました、と書かれた札が、外のショーケースに立てかけてある。同じ棚に前衛芸術家（有名ですよ、秋山祐徳太子、と専門外のはずの先生が妙に嬉（うれ）しそうに言う）の展覧会のポストカードと、その人の作品らしきものがいくつか飾られている。

そこから徒歩で二、三分。
まだ新しい印象の都営住宅のあいだを入ると、ずっと奥にひっそり古びた屋敷の塀と、ぴっちり閉じられた木の門が見えた。
赤穂浪士の四十七人は討ち入りのあと、いくつかの大名家に分けて身柄を預けられたそうだけれど、そこには熊本藩細川(ほそかわ)家の下屋敷があり、大石内蔵助はじめ、十七人が引き渡されたということだった。
つまりここで切腹したのは、その十七人。
カギと鎖がかけられ、さらに通せんぼをするように鉢植えが一つ置かれた門扉の横に、この屋敷で切腹した十七人を知らせる石碑がはめ込まれていた。
「自刃せる義士　左の如し」と。
大石内蔵助良雄　四五
吉田忠左衛門兼亮　六三
名前と享年が刻まれている。……寿々はどきどきしながら、その文字を素早く目で追った。
ちょうど先生が、カメラに向かい、歴史を説明してくれている。
原惣右衛門元辰　五六
片岡源五右衛門高房　三七
十七人の中に、探す名前があるかどうかは知らなかった。知らないで、ここまで歩いて来たのだった。

でもなにかの縁に導かれているのなら、きっとある。
……あった。
礒貝十郎左衛門正久　二五
「やっぱり、ここで」
寿々は深く息をつくと、その場で手を合わせた。
二十五は、当時だから数えだろう。
今の自分よりも年下と思うと、なお胸が苦しくなった。

「笹乃雪」から大名家まで、大きな白いお豆富を差し入れたという話をはじめに聞いたのだけれど、JRで言えば鶯谷（うぐいすだに）の駅にほど近いあのお店から、まだ電車のなかった時代、どうやってここ、高輪までお豆富を運んだのだろう。

歩いて来たのだろうか。

おそらく使いの者が運んだのだろうが、「笹乃雪」の娘が礒貝に食べてもらいたくて、ひとりせっせと歩いた姿を想像してしまう。

泉岳寺のロケはそこで終わりだった。

「あ、和菓子買っていいですか、おばあちゃんのお土産に」

さっきのお店の前に戻ると、寿々は言った。なにかあったときのため、ポケットに忍ばせてある小さながま口を取り出した。

ただ、今日はもう、豆大福以外の和菓子も売り切れて、あとはのし餅と、キビのし餅しかないとお兄さんが言う。

「じゃあ、キビのし餅をください」

寿々はショーケースを見て、キビの入ったほうのお餅を一枚買うことにした。「どうやって食べたらおいしいですか」

「うん、きなこを一緒に入れておくから。お餅を焼いてから、お湯にさっとくぐらせて、それにきなこつけてみて。絶対おいしいから」

「焼いてから、お湯ですね」

「そう、それできなこ。砂糖の入ったきなこだから、もうそれだけで本当においしいよ、できたての和菓子になるから」

「わかりました、やってみます。ありがとうございます」

寿々がお店を出ると、ロケのスタッフたちは、近くで足を止めて待ってくれていた。和菓子店の気のいいお兄さんも、わざわざ外まで出て見送ってくれる。

ずいぶん素朴に見えた餅の袋を提げて、寿々は楽しい気分だった。

早く家でおばあちゃんと、キビのし餅を食べてみたいと思った。


「はい、できたよ」

帰るとさっそく、おばあちゃんがキビのし餅を焼いてくれた。

お兄さんに教わったとおり、お湯にくぐらせ、きなこをまぶす。

つぶの歯ごたえが残る素朴な焼き餅に、砂糖のまぜてあるきなこがからまる、やさしい味だった。

「あら、本当にできたての和菓子だね」

と、おばあちゃん。

「うん。きなこ、おいしい。甘さがちょうどいい」

寿々はにこにこと食べた。「豆大福も買ってみたかったけど、こうして一手間、家で加えて食べるのもいいね」

自分ではなくて、おばあちゃんに一手間加えてもらったキビのし餅を食べながら、寿々はちゃっかりと言った。

「それで仕事はどうだった？」

と、おばあちゃん。

「今日は頑張ってちょっと疲れた〜、歌もうたったから。鉄道唱歌、泉岳寺で」

「あら、うたったのかい。それはお父さんとお母さんにも教えないとねえ」

「教えなくても、たぶん見てるよ。とくにお父さん」

言うと、もう一切れ、キビのし餅を食べた。

二十五になって急におばあちゃん子全開になった寿々は、でも今はそれが楽しいからいいや、いいよね、と思っていた。

4

朝のお天気コーナーの案内役。

ＢＳお江戸番組のレポーター＝お江戸ガール（見習い）。

そのふたつにつづき、寿々にまた新しい仕事の話が届いた。

「すずちゃん、『史上最強、歌へたクイーンコンテスト（まじめ美女編）』。地上波のゴールデン番組、オーディションなしで、ぜひ出てほしいって」

垂れ目に小さな鼻、たぬき顔の伊吹副社長が、ずいぶん嬉しそうに言う。

なぜ、と聞き返すまでもない。ＢＳのお江戸番組で披露した鉄道唱歌が、ことのほか、調子っぱずれで面白かったらしい。

お江戸番組のスタジオ収録のあと、例によっておじさんに見えるプロデューサー、江島さんにもがっちり手を握られ、

「よかった〜、寿々ちゃん。今回もまた最高。あのホーミーみたいな歌声から、礒貝十郎左衛門に手を合わせてしんみりするまでの振り幅が、本当にスリリング！　あなた繊細だね〜」

もはや頬ずりされる勢いで褒められ、照れくさいけれどやっぱり嬉しかった。

「おすずちゃん、あんた、やるね」

司会進行役をつとめる往年の時代劇スター、大田黒伊知郎も、またわざわざ声をかけてくれた。

ぎろっとした目で言うので迫力があって怖かったけれど、このままいけば、あと何回かで、時代劇ファンのおばあちゃんへの色紙も頼めるようになるかもしれない。おそらく最短で、次回……。

番組が放送されると、〈あさ6〉のキャスター、久高つとむにもその件で声をかけられた。

「りんちゃん、見たよ。聴いたよ、鉄道唱歌。なかなかの飛び道具だねえ。知らなかった。あんな技があったなんて。あ、これは褒め言葉だよ」

神経質なところのある人気アナウンサーは言う。「でも、どうしてあの歌を」

「私、おばあちゃん子なんで」

「そっかあ、いいなあ。うちの番組でもなにか歌ってよ。……なあ根本(ねもと)、りんちゃんのコーナーに新しい展開、どうだろう」

話をふられたスタッフが、まだ番組を見ていないと知ると、

「おまえさあ、それでいいの？　本当にそれでいい？」

と一気に説教タイムへ突入。とにかくそんな具合に、寿々の歌は周囲で話題だった。

『ははは、わろたよ』

『すず〜〜〜』

『あれ思い出したら、俺どうしても提灯(ちょうちん)の文字がふるえるって』

『すず〜〜〜〜』

『ねえ。トビたんが心配そうに、じーっと見てたお』

などなど。

メールやLINEのメッセージも多数。

サッカー選手との熱愛が発覚、相手が新人女優と二股かけていたとすぐわかったせいもあって、しばらくワイドショーを騒がせていた田島奈央からも、

『まだ見てないけど、すずのうた♪　かなーりへたで評判。うける』

というメッセージと、親指のグッドマークのスタンプが送られて来た（かわりに寿々が送った質問のメッセージには、返事はなかった）。

ただ民放BSの新しい番組なので、本来まだそれほどの視聴率があったとは思えない。

気にかけてくれたみんなに、素直にありがとうと返信をした。

まさか、それが本当に仕事に結びつくとは思わなかった。


翌月の休日はおばあちゃんと一緒に、ちょっと足をのばし、王子(おうじ)の名物だという玉子焼きを買いに出かけた。

江戸時代からつづいた料亭で、もう十年ほど前にお店の営業はやめてしまったそうだけれど、今も玉子焼きだけは売店で買える。

夕方のニュースの一コーナーでそんな情報を見て、ねえ、寿々、ここ行こうか、うん、行こう行こう、と盛り上がったのだった。

ネットカフェ、居酒屋、歯科医院なんかの入った、少しごちゃごちゃしたビルの前に、玉子

焼きだけを売る小屋が建っている。

十二時から開けます、と貼り紙がしてあり、木戸が閉じられていた。

時間が少しあったので散歩がてら周りを見ると、裏手が川になっていて、ビルがそのまま面している。川沿いの料亭と聞いていたから、やはりその雑居ビルが昔、料亭だったようだ。

川は途中で堰き止められて、水辺で遊べる公園になっていた。そこでおばあちゃんとひと休みした。

十二時を十分ほど回って戻ると、売店の小屋の前には五人ほどの列が出来ていた。

まだ木戸は閉じられたままだ。さらに十分ほど待つと、ようやくおじさんが、奥のビルのほうから玉子焼きのパックをお盆に載せてあらわれた。

あまり数がないのと、予約のお客さんがいたらしいのと、一番目のお客さんがずいぶん多くを売ってほしそうにしたためか、小屋は開けずに、その場で押し問答に近いやり取りをしている。

店主らしいおじさんも、最初のお客さんも頑固そうで退かない。寿々よりあとに並んでいた若い男性が、あきらめたように列を離れた。

「寿々、どうする？」

おばあちゃんが言う。

「どうしよう」

「やめよっか」

「えー、せっかく来たのに？」

「また来ればいいよ。なんか喧嘩してるから、おばあちゃん、今日はもういいよ。お狐さんを見て帰ろう」

いつもよりアウェイの気分が強いのかもしれない。めずらしく弱気の顔をして、おばあちゃんは首を横に振った。

かわりにガードをくぐって駅の向こう側に出て、王子の狐火の浮世絵が描かれたあたりを見に行った。

広重の名所江戸百景、榎のもとで大晦日に狐が火を灯すという言い伝えが絵になっている。

やけに目立つ黄色いスーパー、ほりぶん、と大きく書かれたビルが通りの向こうに見えた。

昭和の初めに道路拡張で切り倒された榎は、少し場所を移して碑になり、それを祀った神社がある。料亭の名前がふたつ読み込まれた蜀山人の歌碑もあるその稲荷神社でお参りをした。

さっきの玉子焼き屋さんもそのひとつで、えび屋と扇屋が、江戸時代の地元の有名料亭らしい。

夜、そのふたつの料亭が戸締まりをしても、王子の狐がカギをくわえて狙っている、といった歌だ。

おばあちゃんがそう教えてくれた。

「乗換も多いし疲れたねえ」

「楽しみにしてたのに、玉子焼きも買えなかったよ～」

「そう。買えなかったんだよ」

「買えなかったよ～」

　王子の帰り、さかいやで店番中の寛太を見つけて、おばあちゃんと一緒に入り込み、ふたりで愚痴った。

「へえ、そうなんだ。なんて店？」

「扇屋」

「扇屋さん」

「へえ」

　いつも通り親切に、飲み物をふるまってくれる。

　江戸時代には届かないけれど、こちらも古い、やはり時間が止まったような店だった。今日はおばあちゃんも一緒だからか、賞味期限に近くないジュースを出してくれた。

「やっぱり、こっちの川べりがいいね」

「そうだねえ」

「あ、源兄こんにちは」

「源ちゃん、あんたちょっとやせたんじゃない……こらこら、あんたたち、いきなり兄弟喧嘩しないの」

　店内の空気の悪化を感じて、仲直りを勧めて切り上げたのだけれど、

「ばあちゃん、いる？」

数日後、家の玄関にひょいとあらわれたのは、王子の狐、ならぬさかいやの狸、寛太だった。手には大きな紙袋を提げている。

出迎えたのは寿々だった。

「行って来たぜ、王子」

「王子？」

寛太は紙袋を寿々に持たせた。

「重い、なにこれ」

「王子の玉子焼き。電話で注文して買ってきた」

真四角な折り詰めが中に入っている。

寛太は得意そうに言った。「せっかくだから、昔ながらの釜焼きの玉子のほうにしたよ。そっちは三日前に予約したら買えるっていうから、こっそり頼んでみた」

「すごい」

「だろ？」

「遠くなかった？　王子」

「配達の車で。車なら明治通り、まっすぐで二十分くらいだから。電車だと乗換二回？　すごく遠回りで大変じゃん？」

「おばあちゃん、おばあちゃん」

呼んで、寛太のお土産をおばあちゃんにも持たせた。

「わ、重いねえ、何キロあるんだい」

「どれくらいだろう、今、量ってくる」

寿々は脱衣場に行き、まず自分の体重を量り、そのあと玉子焼きの袋を持って量ろうとしたら、おばあちゃんと一緒に寛太まで見に入って来た。

「ダメ、見ないで」

きつく言って追い出す。

差は一・八キロだった。

「へえ、一・八キロ」

おばあちゃんは感心した口調で言う。三人で食堂に入り、紙袋をテーブルに置いた。

「楽しみだねえ。さっそく開けさせてもらおうか」

寿々は取り皿とお箸を用意し、おばあちゃんが折り詰めを取り出した。

ちょうちょのようなかたちにデザインされた扇のマークが、包み紙に印刷されている。

お茶をいれ、包丁を出し、

「いいかい、開けるよ」

おばあちゃんが大袈裟（おおげさ）に宣言してふたを開けると、折り詰めにはぎっちりと、釜焼きの厚焼き玉子が入っていた。

直径二十センチ以上。

真ん中にきれいな焦げ色がついている。

ホールのケーキみたいだった。

「おいしそう」

長い包丁で三角に切ると、ますますケーキみたいだった。

買って来た寛太によれば、この釜焼きの玉子は一子相伝、江戸時代からの製法を守って作っているらしい。

「店でひとりしか作れないから、予約しないと買えないんだってさ」

箸をつけると汁がしっとりしみ出て、プリンよりちょっと固いくらいの感触だった。

口に広がる甘さが際だっている。

「おいしい！」

「おいしいねえ」

おばあちゃんと寿々は、つづけて言った。

「そう？」

寛太は嬉しそうに笑う。どれどれ、と自分も二口目を食べる（一口目は、いつもよく味がわからないみたいだ）。

「あ、これ、弁松のにちょっと似てるな」

亡きお母さんがよく買って来たという老舗の弁当屋さんの名を出して、寛太が小さく言った。

「寛太はもう便利屋さんにおなりよ。街の便利屋さん。そのほうが、みんなもいろいろ頼みやすいよ」

寛太の顔を頼もしげに見て、おばあちゃんが言う。「そんな、車で王子まで行ってくれるなんて」

おばあちゃんは、うん、とうなずき、自分たちの買いそびれた王子の玉子焼きを嬉しそうに口に運んだ。「これからみんな便利になるわ」

「ならない、ならない」

寛太は笑いながら首を横に振った。毎回用事を言いつけられて、王子まで行かされても困るだろう。「でも、流行るかな、俺が便利屋やったら」

「流行るって。あんた、年寄りにはかなり人気だよ」

「そっか。嬉しいな」

鷹揚(おうよう)に笑うのは、確かに寛太の美点だろう。「でも、それ、タダで頼めるからじゃない？」

寛太が三口めでぺろりと一切れ食べた。

もっと食べるというので寿々が切ってお皿に入れる。

「じゃあ、料金表つくりなよ。買い物一〇〇円、水まき五〇円、話し相手一五〇円、蜂の巣とり五〇〇円とかって」

「あ、それ、なんか流行りそうな気がする」

「だろ？」

「どう思う？　寿々？」

寛太が訊く。

「やったらいいんじゃないの」

寿々は即答した。

「また、人ごとだと思って」

「だって、あんまり元手いらなそうだし、源兄にうまく話つければ？　暇なときは今まで通り店番してればいいんだし。よその会社をやめて急にお給料がなくなる、っていう極端な話でもないんだから」

「そっか」

寛太はめずらしく真面目な顔でうなずいた。「でもなあ……今から商売がえか。ここに来て？」

「いいんだよ、まだ二十五なんだから。もし失敗しても。これからこれから」

おばあちゃんが言う。「人生なんて、思ったより長いよ？　まだまだ。なにかに決めなくてもいいさ」

その言葉には寿々がうなずいた。同い年の幼なじみ、寛太に微笑みかける。

二十五歳が「まだ」なのか「もう」なのかはよくわからないけれど、どこか定まらないところがあるのは寿々も同じだった。

「でも寛太。大丈夫かい？　今日のこれ。ずいぶん高いんじゃないかい？」

おばあちゃんが玉子焼きを食べながら、急に心配そうに言った。「誕生日にも、敬老の日にも早いよ。ばあちゃん、あとで出すね」

「大丈夫、当たったから、宝くじ」

　分厚い胸を反らせた寛太の答えに、

「え、当たったの？」

　寿々はすぐに訊いた。

「おう。三千円」

「すごい、いつもの十倍だ」

「だろ」

　でも訊けば、くじの購入代金は、それよりも少し上だけれども。

「赤字だ」

「まあね」

「玉子焼きは？」

　そちらの値段も三千円より上だった。

　おばあちゃんがゆっくり大切そうに玉子焼きを食べてから、こほん、と咳払いをした。

「寿々……あのさ、こんなこと言いづらいんだけど、あんた、やっぱりもうちょっと寛太の様子は見た方がいいかもしれないね」

　声をひそめるふりをして言った。

「え、なんで？　おばあちゃん、ずっと勧めてたじゃん、寛太のこと」

「うん。子供の頃から知ってるし、気がいいのは間違いないけど、今、急に将来性が不安になったんだよ。やっぱり、お金は大事だからね」

もちろん、いつもの冗談の口調なので寿々は笑った。

「大丈夫、まだ二十五さ」

ひょうひょうと言った寛太が、また一切れをぺろりと食べた。

もっと食べるか訊くと、さすがにいいというので、分けるから家族のぶんを持って帰りなよとおばあちゃんが言う。

「つるっと食べられる玉子焼きだから、お父さんも食べられるんじゃないかい」

「おー、そうかな」

「どれくらい？　これくらい？」

切り分ける分量を相談しながら、おばあちゃんが言う。「こんだけ大きな玉子焼きは、やっぱりみんなが集まるときがいいねえ、お花見か、花火かねえ」

「花火か、いいな」

寛太が言う。

今年の花火はどこでどうやって見よう、誰と見よう、なんて心の中で思いながら、寿々は昔からやさしい幼なじみの横顔を見た。

その気配を感じたのか、寛太がすっとこちらを向く。

寿々は小さく笑い、親切な寛太が買って来てくれた釜焼き玉子を口に入れた。

それは甘い、甘い玉子焼きで、江戸風というか、たぶん東京っ子の多くが好む味つけ。少し焦げ目がつき、ケーキのように甘い玉子焼きを口に運びながら、寿々はずいぶんにこにこしていた。

じゃあ帰るか、と腰を上げかけた寛太に、おばあちゃんがこそーっとひとつ頼みごとをした。

「寛太、ちょっと見てくれないかい、これ」

ｉＰａｄを両手で差し出している。「なんかうまく見られなくなっちゃったんだけど……寿々、わかるかい？」

「わかんない、わかんない」

基本の設定や、ややこしいことは事務所の人にまかせっきりだ。寿々は首を横に振った。

「寛太……」

「えー。それはショップか、アップルストアに行ってジーニアスに相談しないと」

「おばあちゃんは今、寛太がなに言ったか、さっぱりわからないよ」

「私も」

寿々とおばあちゃん、ふたりでじーっと見つめると、仕方なさそうに寛太はｉＰａｄを受け取った。

「俺、これ持ってないし」

と首を傾（かし）げながら、二、三回ボタンをいじると、

「ついたよ、ばあちゃん」

とあっさり言った。

「ほんと?」

「うん」

「よかった。さすが寛太」

おばあちゃんは、ぱん、と手を合わせて喜び、寛太が差し出したiPadを手に、いつものの指使いで動作確認をすると、よかった、ともう一度言った。

「これがないと、おばあちゃん、レシピが見られなくて、おやつもおかずも、古いのしか作れないんだよ。あんたたちだって、本当はもう、ノシたこばっかりじゃ、とっくに飽きてるんだろ。小学生じゃないんだし」

「いや、俺、おばあちゃんが作るのなんでも好きだよ」

「私も、なんでも好き」

ふたりが即答すると、おばあちゃんはiPadをかかえ、

「そうかい。それは嬉しいね」

ぎゅっと目を細めていた。

元婚約者からのメールは、無視していたら届かなくなった。

もちろん、しつこくされても本気で困るのだけれど。

ただ、反応がないからと簡単にあきらめるくらいの気持ちでメールされたのも、考えると腹立たしい。

自分から離れて行ったくせに。

本当にあわよくば、の気持ちで連絡を寄越したのだろうか。

どうしたの、とか、そっちこそなにしてんの、とか、さびしいな、とか、会いたい、とか、ちょっと会おうよ、とか、お願い、帰って来て、とか。

そんな返事を期待したのだろうか。

ばかばかしい。

自動で振り分けられた迷惑メールフォルダの中をごくたまに確かめ、ほっとするのが半分、いらっとするのが半分。

そして寿々は、自分もまだまだ未練がましいタイプだと反省した。

別れてから、もう一年半近く経つのだった。

その日、朝の情報番組の帰り、いつもたっぷりの水がある川を眺め、橋を渡り、ふと思い立つと、寿々はなにかを吹っ切るようにひとり巡回のバスに乗った。

いつもそばにあり、車でほんの少しのスカイツリーには、なかなか行く機会がないのだった。

展望台へのエレベーターは、ほぼ待たずに乗ることができた。

すぐにぎゅーっと上がって行く。

三六〇度見渡せるつくりの展望デッキで、いきなりこれまで見たことのない広い東京を見渡し、それでも大きく流れる隅田川に寿々は感心し、安心し、やがてうっとりした。

ガラスに沿ってしばらく歩き、橋とグラウンドを目印に方角を見定めると、寿々は指差しながら、おばあちゃんちと、近くのさかいや酒店を探してみた。

〈参考文献〉

浜田義一郎著『江戸たべもの歳時記』中公文庫（一九七七年）
池田彌三郎編『東京の志にせ』アドファイブ出版局（一九七八年）
池波正太郎著『江戸前食物誌』ランティエ叢書（一九九七年）
福田浩・松下幸子・松井今朝子著『江戸の献立』新潮社（二〇一三年）
原田信男編『江戸の食文化　和食の発展とその背景』小学館（二〇一四年）

本作品は月刊「ランティエ」二〇一五年一月号から九月号に掲載された小説を加筆・訂正、改題いたしました。

著者略歴

藤野千夜（ふじの・ちや）
1962年福岡県生れ。千葉大学教育学部卒業。1995年「午後の時間割」で海燕新人文学賞を受賞しデビュー。1998年『おしゃべり怪談』で野間文芸新人賞、2000年「夏の約束」で芥川賞を受賞。著書に『少年と少女のポルカ』『ルート225』『ベジタブルハイツ物語』『主婦と恋愛』『親子三代、犬一匹』『願い』『時穴みみか』『君のいた日々』『D菩薩峠漫研夏合宿』など。

Kadokawa Haruki Corporation

藤野千夜

すしそばてんぷら

*

2016年2月8日第一刷発行

発行者 角川春樹
発行所 株式会社 角川春樹事務所
〒102-0074 東京都千代田区九段南2-1-30 イタリア文化会館ビル
電話03-3263-5881（営業） 03-3263-5247（編集）
印刷・製本 中央精版印刷株式会社

ISBN978-4-7584-1279-7 C0093
http://www.kadokawaharuki.co.jp/